# A Lança de Anhangá
Ricardo Kaate Lima

cacha
lote

# A Lança de Anhangá
Ricardo Kaate Lima

O Prelúdio da Escuridão 7
O Verde, o Cinza e o Negro 107
Aos Condenados do Mundo 127
Os Possessos 141
O Forasteiro 183
O Espectro das Terras Devastadas 195
A Lança de Anhangá 203

# O Prelúdio da Escuridão

# I

*Tempos medonhos.* Foi o que pensei quando recebemos um chamado para averiguar uma ocorrência de tiros numa casa de madeiras podres, teto esburacado e janelas escuras, perto da antiga região conhecida como Encontro das Águas. Eu e meu parceiro Benício, com as armas em punho, descemos pelo corredor até o porão úmido e fedorento. Sombras por toda parte. Uma cabeça descansava sobre uma poça de sangue. Três crianças indígenas estavam encolhidas num canto, envolvidas na penumbra, sujas e quase sem roupa.

— Traficantes de crianças — disse Benício. — Vamos tirar vocês daqui.

— Anhangá nos salvou — disse com a voz trêmula a criança maior, num português confuso, com forte sotaque Tukano.

Eu e Benício nos olhamos com preocupação.

— Aquela desgraça sem forma passou por aqui — falou Benício.

Eu examinava a construção. Um teto de madeira velha e o forro rachado. Ratos corriam por buracos e nos observavam com seus olhos pequenos, brilhantes e cheios de ódio.

— Chame a ambulância e reforços, vou averiguar outros cômodos — falei.

Um grito seguido de carne rasgando veio do andar de cima, e gelou minha espinha como se eu tivesse visto o próprio demônio.

— Ele ainda está aqui — disse a criança mais velha.

— A cabeça... — sussurrou Benício atrás de mim. — Escaneei a face, você não vai acreditar.

— O quê?

— Honório Guedes da Cunha, assessor nível 3 do secretário Rodolfo Vegas.

— Nem quero imaginar o que vai acontecer se essa merda vazar.

Benício concordou com um aceno de cabeça. Mais gritos. Sons de ossos quebrando e carne desfazendo-se ao cair no chão. Benício virou para mim e disse:

—Vamos nós dois lá.

— Não. Fique com as crianças.

— Você não pode ir lá sozinho.

— Alguém tem que ficar com elas, vou averiguar se tem gente lá em cima.

Benício ficou em silêncio por alguns segundos, olhando-me com olhos graves. Então, respondeu:

— Droga, se ouvir algo lá em cima, subo correndo.

Subi as escadas devagar. Degraus escorregadios de tanto limo. Quase caí em um deles. Por um momento me arrependi da decisão de seguir sozinho. Entretanto, esse pensamento se perdeu na minha cabeça. Limpei com o braço uma gota de suor que descia sobre meu olho esquerdo.

O andar de cima era um corredor de quatro aposentos, dois de cada lado. No primeiro cômodo, um corpo com buracos onde deveriam ter os olhos balançava de ponta-cabeça, grudado no teto por correntes. Abaixo, um fuzil de plasma e cartuchos de munição vazios no chão.

— Tem mais um morto aqui — falei pelo comunicador —, acho que é integrante de alguma quadrilha.

Comecei a tremer.

— Desce logo para cá, os reforços estão chegando — disse Benício.

Uma poça de sangue surgiu, repugnante, da porta aberta do próximo quarto. Tem algo a mais, algo estranho, sinistro. Eu deveria retornar e seguir os protocolos. Mas não o fiz por pura teimosia; sonhava em ganhar uma medalha por bravura. O quarto estava com o chão vermelho de sangue. Num canto, um amontoado de corpos. Dezenas deles. Nunca vi algo daquele jeito. Nas paredes, vi escrito com sangue: *A Escuridão*. Membros e cabeças pendurados como em um açougue. O cheiro forte de carne humana morta quase me fez vomitar. Minha jugular pulsava no meu pescoço. Achei que teria um infarto.

Senti que algo me observava pelas costas. Virei-me para atirar, mas aquela coisa fantasmagórica de dois metros de altura e olhos brilhantes e esverdeados pulou sobre mim. Lembro-me da sua voz antes de desmaiar:

— Não interfiram. — A voz, gutural e áspera, não saiu da sua boca, mas ecoou diretona mente, como se estivesse dentro da minha cabeça.

Meu parceiro disse que me encontrou no chão, quase desfalecido, balbuciando palavras sem nexo. Fiquei duas semanas no hospital, delirando. Tomei seis meses de licença da corporação por problemas mentais. Só conseguia dormir com doses elevadas de analgésicos. Era aquela voz, gutural, áspera, invasiva, que me assombrava nas horas mais avançadas da madrugada.

# II

Enquanto estive de licença, as notícias chegavam. Posseiros, pistoleiros, madeireiros e garimpeiros eram encontrados mortos e desmembrados. No dia que retornei à delegacia, tive uma reunião com meu superior, o delegado Alberto Caripuna.

— Heitor, você foi um dos únicos que viu aquela coisa que chamam de Anhangá — disse ele, sentado sobre a poltrona enquanto bebia devagar uma xícara de café.

Concordei com a cabeça.

— E quanto ao Benício, senhor. Terei ajuda dele?

— Ele foi transferido para Brasília. Estão precisando de cientistas da informação por lá. Então, como ele acabou de se formar nessa área, foi um pulo. — Caripuna coçou a ponta do nariz com o indicador. — Você sabe que estamos em mais uma crise, certo?

— A história do envolvimento do secretário Vegas se espalhou, senhor.

— E ele nega que sabia do envolvimento do assessor com tráfico de crianças indígenas — não achava que o secretário era envolvido com essas coisas. Era um homem honrado, meu amigo desde a infância.

Acenei com a cabeça.

— O que você acha que é aquela coisa? — perguntou repousando a xícara sobre o pires.

— Não faço ideia, senhor delegado.

— Você foi designado para levar à frente a investigação contra esse vigilante. Provavelmente, é só um maluco usando alguma tecnologia. As pessoas comentam à boca pequena sobre ele. Falam que é o diabo, Yurupari ou qualquer outra coisa. Já soube do que aconteceu semana passada? Enviei inclusive por e-mail.

— Não me inteirei, senhor, não tive tempo de ler toda a minha caixa.

— Surgiu um culto adorando esse cara. — O delegado endireitou-se na poltrona, pegou uma caneta, e ficou a desenhar círculos sobre um pedaço de papel. — Três malucos estavam violando corpos no cemitério central. Eles alegavam que queriam invocar o Anhangá para controlá-lo. O Estênio e o Francisco prenderam eles por blasfêmia, violação de cadáveres e atividade subversiva.

— Atividade subversiva?

— O Líder Supremo assinou um decreto enquadrando-o como inimigo do Estado.

— Não sei se ele se enquadra nessa tipificação...

— Eu também acho que não — disse, mexendo os ombros em sinal de que não se importava. — Mas devemos seguir o que está decidido. As pessoas estão pintando o nome desse cara nos muros e murmurando seu nome à noite, como uma reza para algum anjo do mal. O Líder Supremo está muito preocupado.

Não demoraria para o Anhangá agir novamente.

# III

Quando cheguei ao motel de luxo Le Duc, às 02h encontrei uma centena de policiais e o alto escalão da Secretaria de Segurança Pública. Os oficiais corriam de um lado para outro gritando ordens e evacuando os civis. Pareciam tão perdidos quanto ratos de laboratório: putas de luxo e piriguetes com caras mais velhos e barrigudos com medo da imprensa jogar suas imagens na mídia, casais de universitários perdidos e michês de vinte e poucos anos. Lembro-me das unidades robóticas fazendo a vigilância do local e naves de segurança que sobrevoavam a área, como vespas de aço e ferro, cujos ferrões espirravam veneno de chumbo. Alguns jornalistas da imprensa marrom estavam por ali, fazendo perguntas e dando telefonemas, mansos como cachorros de madame.

— Bom dia, Heitor — disse o delegado Alberto Caripuna ao me ver chegando.

— Bom dia, senhor delegado. Não é comum o senhor vir quando há uma ocorrência.

— Essa não é apenas uma ocorrência. — Acendeu um cigarro, e ficou balançando os dedos. Ele sempre fazia isso quando estava nervoso.

Quando ia responder, ouvi a voz alta do governador. Ele concedia uma entrevista para o Canal Norte. A repórter que o entrevistava, uma loira, observava com atenção as falas do líder do executivo amazonense.

— Está claro que isso é um ataque terrorista! — Gesticulava como se fosse um profeta. — Vamos dar uma resposta à população!

— O que os pacificadores estão fazendo aqui? —

Surgiram por detrás do governador, com olhos de hienas, cínicos, achando-se acima do bem e do mal. Bem que poderiam ser chamados pelo que eles realmente eram: carrascos que prendem, julgam e executam. Eram uma escuridão sem rosto, sob um capuz e armadura negra. Dir-se-ia que já foram homens, mas passaram pelo processo de conversão até se tornarem o que são: híbridos de humanos e feras que ignoram a dor, o medo, e que cultuam a morte. *Viva a Morte!* Esse era seu grito de juramento ao Líder Supremo.

— As peças estão se mexendo — disse Caripuna.

Fui até a suíte onde ocorreu o assassinato. Troquei algumas palavras com uma policial militar baixa, magra e de pele muito clara.

— Ninguém teve ainda coragem de entrar na cena do crime — ela disse. — Dois agentes do IML vomitaram e outro teve uma crise nervosa. Outros colegas meus passaram mal. Acho que não consigo entrar lá.

— Há quanto tempo você está na polícia, Vieira? — Espiei rapidamente a identificação dela, que balançava sobre o seio redondo: Daniele Vieira.

— Um ano.

— Testemunhas?

— Ele estava com uma prostituta, chama-se Darlene Dias, dezenove anos. Mas ainda não conseguimos conversar com ela. Estava em estado de choque. Gritava muito, parecia uma louca. Foi sedada e está indo ao hospital.

— O que ela gritava?

— Dizia que tinha visto o diabo.

Quando ouvi isso, parei com meus rabiscos, olhei-a por um momento. O rosto era bem claro, olhos castanhos, cabelo curto.

— Onde ele está?

— Suíte Premium, logo ali. — Apontou para uma garagem onde estava uma miríade de policiais. — Estamos evacuando o motel, e chamamos os sócios. Estão a caminho.

Quando cheguei ao local, vi alguns policiais isolando a área. Outros, sentados na calçada, extenuados e suados. Olhavam tristes para o chão enquanto os paramédicos lhes davam um copo de água com um comprimido.

Quando adentrei o recinto, vi aquilo. Fiquei imóvel por um momento, de boca aberta, olhando para cima, sem saber o que fazer. Sem querer, acabei deixando o caderno de notas cair no chão.

— Puta que o pariu!

As suítes de luxo do Le Duc tinham dois andares e uma garagem para quatro carros. O térreo tinha uma pequena sala e uma entrada para piscina. A escada dava para o primeiro andar: um quarto com tapeçarias vermelhas, sofá erótico, cama redonda de quase cinco metros, banheiro munido com uma banheira do tamanho de um salão.

No teto vi o cadáver do secretário de Segurança Pública do estado do Amazonas, Rodolfo Vegas, preso por barras de metal. Seu rosto estava pálido, os olhos eram um grande vazio branco e a boca estava aberta, como se gritasse desesperado. Os membros estavam todos marcados por cortes profundos na carne pálida e, o que era mais brutal, o tronco estava aberto com os ossos à mostra, oco de órgãos e tripas. Pingava, como uma goteira no teto, gotas de sangue que formavam uma poça repugnante no chão. Uma mosca banhava-se no líquido pastoso, feliz por ter descoberto seu pequeno pedaço de paraíso.

O quarto estava revirado, camisinhas e artefatos eróticos espalhados, cama desarrumada e o chão repleto de lascas de vidro e melado de sangue por todos os lados. Na parede, uma grande inscrição, feita com o sangue do cadáver: *Outros ainda pagarão*. Andei pela suíte, bem devagar, procurando algum detalhe que me parecesse interessante; fosse entre as lascas de espelho no chão ou nos lençóis úmidos de sêmen e esperma embolados sobre a cama. Vi na mesinha de cabeceira um PDA ligado. Fiz um sinal para o perito coletá-lo. No toalete, uma ampla sala com banheira dourada e espelhos por todos os lados. Alguns preservativos estavam jogados no chão. Perto da privada, um vibrador sujo de merda. Procurei buracos de bala e sinais de arrombamento, mas não encontrei

Desci ao térreo, e fui até o carro do morto, um luxuoso 4x4. Abri as portas e vasculhei o porta-luvas. Encontrei uma série de papéis e embalagens de chocolates e latinhas de cerveja amassadas. Peguei os papéis e os separei numa pasta. Recolhi outros documentos achados sob os bancos. No banco de trás, uma valise que parecia ser usada no cotidiano de trabalho do morto. Quando a abri, encontrei uma agenda, mais um PDA, dois pendrives e alguns blocos de documentos. Mandei recolher também. Um detetive poderia encontrar um universo nessas coisas.

— Detetive, os funcionários do motel estão esperando você perto da viatura — disse a policial Vieira ao se aproximar de mim.

— Pegou os nomes?

A outra concordou com a cabeça.

A eficiência e a prestatividade da policial agradavam-me tanto quanto a sua beleza.

Encontrei-me com os funcionários na garagem de uma das suítes. Eram duas cozinheiras, dois funcionários da portaria, três seguranças e quatro mulheres encarregadas dos serviços gerais. Estavam nervosos. Apesar de eu ter dito que eles não eram suspeitos, tremiam como gelatina. Todas as perguntas tiveram mais ou menos a mesma resposta:

— Estávamos trabalhando quando ouvimos dois gritos, um de homem e outro de mulher, depois apenas um grito de mulher. Fomos averiguar o que era, e quando vimos o que tinha acontecido, chamamos a polícia.

Perguntei aos seguranças se eles não tinham visto nada de diferente, e eles apenas se limitaram a dizer que faziam de maneira zelosa o seu trabalho. Se tivessem visto, teriam tomado as providências.

Detesto respostas evasivas ou ensaiadas.

— A questão é: um dos homens mais poderosos do Amazonas foi morto na suíte de vocês, estripado feito um boi, e no pronto-socorro tem uma mulher em estado de choque, mas vocês estão me dizendo que não viram nada. Que tipo de empresa de segurança vocês são?

Os seguranças viraram a cara com o semblante amarrado.

Quando estava entrando na viatura, fui abordado pela repórter do Canal Norte:

— Senhor investigador, gostaria de dar alguma declaração? — Ela tinha olhos muito grandes, claros e expressivos. Os cabelos claros caíam sobre os ombros. Vestia terno azul-escuro e uma camisa branca. Atrás dela, a câmera era apontada para o meu rosto.

— É muito cedo para dar uma declaração.

— Mas o senhor acredita que foi um crime político?

— Não sei. Ainda é muito prematuro para afirmar.

— Então acha prematura a presença de unidades pacificadoras?

*Mas você é esperto, hein?*

— Não sei. Deixe eu ir embora.

— Tome meu cartão. Se quiser colaborar, terei prazer em te ouvir. — O cartão vinha com o nome Nadja Paim, seguido de um número de contato.

A primeira coisa que fiz quando cheguei na delegacia foi pedir as imagens de segurança da noite do assassinato. Tranquei-me na minha sala, mandei fazer litros de café e me joguei sobre o computador para analisar aquelas gravações. Fiquei várias horas passando e repassando aquelas cenas prosaicas: entrada e saída de clientes em seus carros luxuosos e o vai e vem monótono de funcionários.

Como alguém pode entrar em um lugar cheio de câmeras sem ser visto?

Depois de muito tempo analisando as cenas, caí no sono. Não sei por quanto tempo dormi, sonhei que estava em meio a uma grande floresta, verde e repleta de animais. Vi cidades verdes que se espalhavam por todo o Vale, cuja arquitetura combinava com a floresta. Surgiram dezenas de homens em tratores derrubando a mata, queimando aldeias, escravizando as pessoas das cidades e atirando nos animais. A paisagem aos poucos se tornava um descampado de terra seca e pedras. O mundo estava morrendo. Então, um tremor de terra surgiu de repente, soerguendo placas e colinas. Vi uma luz negra surgir, e dela uma fonte de fogo. O fogo e a luz se mesclaram em milhares de formas e, para além de tudo, eu vi o universo se movendo sobre o nada e sobre a escuridão. Ao redor dessa escuridão, milhares de entidades circulavam pelo cosmo e pelo multiverso. As formas da luz e do fogo assumiram a de uma folha, e dela, a partir do canto de milhares de vozes de civilizações que habitaram o Vale, eu vi surgir ele, Anhangá, senhor das trevas, o sugador de almas.

Anhangá olhou nos meus olhos e disse, com uma voz que se assemelhava a milhares de vozes de pessoas que há muito pereceram na marcha impiedosa da história: Agora você sabe.

Acordei em um salto, gritando.

# IV

Minha camisa estava empapada de suor. Olhei para a tela, e ali estava passando um trecho da movimentação no almoxarifado. Foi por um segundo ou menos, mas confesso que, logo que abri os olhos, vi algo estranho nas imagens. Poderia ser os efeitos de uma visão embaçada de quem está acordando, mas era algo nítido demais para ser ignorado.

— Como foi que eu não vi isso antes?

Voltei a gravação, e fui avançando *frame* por *frame*, quadro por quadro, para conseguir o lugar exato onde aquilo aparecia.

Finalmente estou te vendo de novo, amiguinho.

Era a coisa negra em forma de homem que se escondia por trás de uma caixa. Movia-se muito rápido, tão rápido que a própria captação da câmera não conseguia pegar direito. Capturei o quadro onde o espectro surgia no horizonte, e liguei para a divisão técnica:

— Oi, Marcelo, pode me fazer um favor? Estou te enviando pela rede as gravações do motel. Isso, do caso da morte do secretário de Segurança. Também estou te enviando destacado um frame de uma coisa suspeita que encontrei. Me faça um favor, analise as imagens, e me mande todos os momentos em que essa coisa aparece. Consegue hoje ainda? Me avise assim que terminar... Obrigado!

Assim que desliguei o rádio, recebi uma chamada.

— Heitor, pode vir à minha sala? — Era o delegado.

Na sala estavam o delegado, em pé, e o general dos pacificadores, Gregório Alceu, sentado na cadeira de trabalho do outro, lendo alguns papéis, displicente. Trajava um suntuoso terno negro. Pelos meus cálculos, ele já tinha por volta de oitenta anos. Havia uma grande quantidade de histórias sobre ele. Chamavam-lhe de açougueiro do Diabo. Falavam que conseguia matar uma família inteira enquanto dava gargalhadas, era um dos braços fortes da República e amigo de décadas do Líder Supremo. Falava-se, nos bastidores, que era Alceu quem fazia todo o trabalho sujo, com uma grande capacidade de seguir ordens do seu chefe, a quem, segundo diziam, idolatrava.

— Boa tarde, senhores — eu disse. Tentei disfarçar o nojo que sentia por gente como Gregório. Evitava olhar para ele. Alceu apenas acenou com a cabeça.

— Heitor, o senhor Alceu veio para saber como estão indo as investigações.

— Estou seguindo o protocolo, senhor. Assim que reunir as provas, faço o relatório e lhe entrego.

— Nós temos razões para crer que esse crime foi político. A inscrição na parede diz muito sobre o tipo de ameaça que enfrentamos — disse o general dos pacificadores com um tom de voz seco.

— Nós não sabemos — respondi —, primeiro temos que juntar as peças.

— Isso é muito importante para nós, investigador. O Líder Supremo era amigo de Rodolfo Vegas. Ele está interessado em acompanhar de perto o caso.

— Se ele acompanhar de perto, com certeza vai concordar que devemos seguir os métodos previstos em lei.

— A partir de agora, tudo o que você descobrir deve ser enviado para mim e o senhor Gregório.

Não gostei nem um pouco daquela conversa. Fui direto para minha sala, e fiquei sentado na poltrona, calado, imerso em meus pensamentos. Nunca achei que seria tratado dessa maneira: obrigado a baixar a cabeça para gente como Gregório: carniceiros que matavam crianças e davam choque na barriga de mulheres grávidas apenas para fazê-las abortar.

Talvez ele até tivesse algo a ver com o desaparecimento do meu irmão mais velho, Carlos, desaparecido aos vinte e cinco anos, na época dos Grandes Expurgos.

O rádio tocou, era Marcelo:

— Pode vir aqui? Descobri algo.

Não demorei para chegar na central forense da polícia.

— Oi, meu amigo, chega mais — disse-me ele, depois de virar em minha direção. Marcelo tinha quase trinta anos. Era baixo, cabelos muito louros e raros na cabeça estreita. Os óculos de armação grossa protegiam os olhos azuis muito brilhantes. Mostrou-me a tela do computador com uma imagem.

Era a coisa que me atacou. Parecida com um espectro, negro como uma sombra, olhos de uma sinistra luz verde e do tamanho de um touro.

— Por onde ele entrou? Tem as imagens?

— Por aqui — Marcelo deu alguns comandos no computador. — A primeira aparição foi perto da área de dispersão de lixo, dez minutos antes do secretário chegar.

— Ou ele sabia que o secretário estaria ali ou simplesmente o seguiu.

— Esse cara é bom. Depois que ele entra, cinco segundos depois ouvimos os gritos da mulher, então ele desaparece. Não há sinal dele.

— Me mostre um quadro em que o rosto dele aparece com mais nitidez.

— Infelizmente não temos essa imagem.

— Não precisa mesmo — falei sem pensar.

— Por quê?
Resolvi não responder, eu já tinha visto Anhangá, sabia suas motivações. Mas como eu provaria isso?

# V

Três dias depois, recebemos a mensagem de que a prostitua tinha acordado. Se havia um lugar que eu sempre odiei ir, depois dos bancos, é claro, era hospital. Ver aquela gente doente, carcomida, de semblantes prostrados e gemendo suas desgraças sempre me causou uma extrema excitação nos nervos. Assaltava-me a sensação de que eu estaria doente também, com alguma maldita enfermidade terminal. Principalmente ali, no Hospital São Lúcio, onde todos os casos mais graves e bizarros da cidade eram recebidos: um verdadeiro açougue humano.

— Boa tarde! — disse, ao abordar a senhora da recepção. — Gostaria de visitar Darlene Dias, por favor, está na enfermaria 12, ala psiquiátrica.

— Você é da família?

— Não, sou o policial Heitor Navarro. — Mostrei minha identificação. — Caso importante.

— Siga o corredor e vire à direita.

Passei pelos corredores limpos e brancos, com dezenas de pessoas sentadas nos bancos, olhando para baixo, esperando pelo fim. Passei por um homem com uma fratura exposta que não parava de gritar:

— Meu braço, meu braço, pelo amor de Deus! — O coitado colocava as mãos sobre a fratura, como se tentasse evitar que o sangue escorresse.

Dois enfermeiros passaram por mim com uma maca, correndo, para socorrê-lo.

Quando fui virando o corredor, topei com um homem de cerca de sessenta anos. Tinha pouquíssimos cabelos, o rosto

era chupado, com as bochechas e os olhos fundos. Além de magro e curvado, tinha uma série de feridas nos pés inchados, e trajava um avental branco.
— Você tem um cigarro para me dar, chefe? — disse o homem com a voz rouca e sem força.
Quando fui dizer que não fumava, um enfermeiro foi até o homem:
— Seu Laércio, você não pode pedir cigarros nem fumar aqui.
Quando cheguei à enfermaria 12 da ala psiquiátrica, vi duas enfermeiras analisando os prontuários de dois pacientes: um homem bastante idoso que se mexia na cama sob os lençóis e uma moça desacordada. Perguntei onde estava Darlene Dias.
— Na última sala, ao lado do banheiro — apontou uma das moças.
Quando cheguei no leito, Darlene estava quieta, com os olhos virados para cima, como se estivesse em estado catatônico. O cobertor protegia o busto, o abdômen e uma das pernas.
Era uma moça bonita, olhos azuis, cabelos bastante longos.
— Darlene, boa tarde.
Ela ficou alguns minutos em silêncio. Virou-se para mim e respondeu num tom de voz quase inaudível:
— Boa tarde.
— Meu nome é Heitor Navarro, investigador da polícia. Eu gostaria de conversar com você.
— Tanto faz. — Ela se virou, ficando de costas para mim. Vi as suas costas, pálidas e sensuais, ornadas com uma bela tatuagem de um cisne que ia de ombro a ombro.
— Sua família já veio te visitar?

— Eu briguei com a minha família. — A voz saiu rouca, quase como um sussurro.

— Eu lamento. Estou aqui para te ajudar, você pode me contar o que aconteceu naquele dia em que você saiu com o secretário Rodolfo Vegas?

— Ele sempre me procurava, pagava bem. — Ela parou por um momento, e virou-se para mim. O cabelo volumoso envolveu toda a sua face. Arrumou as madeixas, puxando-as para trás, e olhou fixo nos meus olhos. — Ele era meio violento, tinha umas fantasias esquisitas, mas sou paga para isso.

— Há quanto tempo você saía com ele?

— Uns seis meses. Minha cafetina me apresentou a ele. Ele gostava, como os outros, de meninas novas, quatorze, quinze anos, mas dizia que só gostava de sair comigo porque eu tinha cara de bebê.

— Quem são eles, Darlene?

— Eu estava com ele naquela noite quando aquela coisa apareceu do nada... — Começou a chorar, soluçava como uma criança que acabou de cair de uma árvore.

Resolvi não pressionar e esperar que se recuperasse.

— Deus enviou aquele demônio para puni-lo pelo que fazia com as meninas, e me punir por eu ter virado puta.

— O que ele fazia?

Ela não me respondeu, começou a gritar e se debater na cama. Dois enfermeiros correram para ampará-la, aplicaram-lhe uma injeção nas veias, mas ela não parou. Não estavam conseguindo dominá-la. Outros dois funcionários chegaram. Senti estupefação e pena ao ver aquela criatura perder a razão, assolada por aquelas alucinações, gritando que o demônio estava vindo pegá-la, fez-me pensar o quanto nossa mente é frágil. Talvez os limites entre a loucura e a sanidade fossem apenas uma cerca podre, caindo aos pedaços, cujo menor tremor pode fomentar seu desmoronamento. O que aquela mulher viu ou imaginou ter visto? O que havia derrubado a cerca de sua sanidade, destruindo o seu ser e jogando-a naquele abismo de escuridão que é a loucura?

— Detetive, por favor, vamos ter que finalizar por aqui mesmo — disse uma das enfermeiras.

Concordei com a cabeça, retirei-me. Enquanto andava pelo corredor, mais dois técnicos de enfermagem vieram correndo para acudir a jovem.

# VI

Fim do expediente na delegacia. Arrumava minhas coisas, e preparava-me para ir embora quando meu celular tocou. Número desconhecido. Cancelei a ligação. O celular tocou outra vez. Cancelei de novo. Não costumo atender ligações anônimas. Pego a pasta, a mochila, e vou para o carro. No estacionamento, sinto o celular vibrando mais uma vez. Era o número anônimo. Deixo vibrando no bolso. Abro a porta, entro no carro, e resolvo atender. Na pior das hipóteses, deve ser um maluco querendo dinheiro.

— Oi — falei com mau humor.

Silêncio do outro lado.

— Alô? — eu me preparava para desligar.

— Boa noite — era uma voz masculina de tom suave.

— Policial Heitor?

— Quem é?

— Aqui é o professor Charles Rodrigues, da Universidade Federal.

— Pois não? Em que posso ajudar, professor?

— Eu gostaria de falar com o senhor sobre um caso que está investigando — parou por um segundo. Ouvi a respiração ofegante do outro lado. — O senhor está sozinho?

— Pode vir à delegacia que tomo seu depoimento, professor.

— Não. Muito arriscado. Gostaria de falar pessoalmente em outro lugar.

— Ok.

— De forma anônima.

— Sobre qual caso o senhor tem informações para me fornecer? E como vou saber que você é quem diz?
— Vamos para um lugar público, mas discreto. Não quero correr o risco com as informações que tenho.
— Sobre o quê?
— O caso Anhangá.
— Como você sabe que eu estou investigando isso?
— Só posso falar pessoalmente, porque isso está ligado a coisas mais sinistras.
— Onde posso te encontrar? Pode ser agora?
— Sim.
— Me passe seu número por mensagem de texto.
— Tem um bar na avenida Rodrigo Octávio, perto da rotarória, chama-se Caverna Bar. Ninguém dá nada por aquilo. Estarei lá às 22h.
— E como é você? Como nos encontraremos?
— Jogue meu nome na Internet, tem muitas matérias sobre mim.
Desligou.
Fiquei alguns segundos sentado no carro, olhando para o celular desligado. O estacionamento vazio. Carros dormindo na calma escuridão metálica. Eram 19h, sentia muito cansaço. A tradicional enxaqueca causada por estresse já principiava no lado direito da cabeça. Ainda daria tempo para tomar um banho, jantar e engolir um comprimido antes de ir ao bendito bar.
Mas que droga! Vou começar a cobrar hora extra.
Liguei o carro, e comecei a manobrar.

# VII

O bar era de fato uma caverna. Situado no subterrâneo de uma antiga casa nos arredores da Universidade, uma escada úmida, destruída e escura descia, fazendo algumas curvas até um salão com um palco diminuto, onde um trio de blues tocava músicas profanas. No balcão, um sujeito cabeludo conversava com um cara que tomava uma dose de uísque. As mesas eram redondas e rodeadas por cadeiras de palha. Quadros de figuras proibidas ornavam as paredes: representações de Weber, Graciliano Ramos, Celso Furtado, Zumbi dos Palmares. Em outra parede, ilustrações de músicos proibidos: Taiguara, B.B. King, Gil, Eutanaze. Acima do palco, a inscrição: *Não deixe que os malas te diminuam*. Numa mesa dos fundos, duas moças conversavam em meio a livros e cerveja. Ao meu lado, três homens discutiam de forma calorosa. Entre as pausas de uma música e outra, percebi que discutiam política, outro assunto proibido pela Junta de Moralidade Pública na época da Revolução, há vinte anos. Um homem moreno, em outra mesa, escrevia rápido num laptop enquanto consultava alguns livros; pude perceber o nome Luiz Fernando de Souza Santos na lombada de um deles. Em frente ao palco, quinze pessoas prestigiavam aquele trio elétrico de guitarra, baixo e bateria.

A cerveja que eu pedi já estava acabando, pedi mais uma. Olhei o relógio, o professor estava atrasado. Se os pacificadores invadissem, eu teria muito o que explicar, e não sei se gente como Alceu acreditaria em mim. Revi no meu iPad o perfil que levantei do professor. Nascido em Belém, em 2014, graduou-se em antropologia social com louvor na UFPA, pós-graduação em Harvard e Doutorado na Universidade da Cidade do Cabo. Estabeleceu-se como um dos mais destacados defensores dos povos originários e do meio ambiente. Chegou a ser preso por dois anos, logo após a Revolução. Segundo minhas fontes, só foi solto porque o pai, respeitado diplomata aposentado, interveio. Desde então, exerce a carreira de professor e pesquisador sob estreita vigilância.

Não demorou, e vi Charles assomando na entrada da Caverna. Esguio, a moleira careca, olhos grandes por trás das lentes fundas dos óculos. Vestia uma bermuda jeans, sandálias verdes, camiseta e um cordão de sementes de açaí em volta do pescoço. Carregava uma pasta de couro em uma das mãos. Quando me viu, olhou para ambos os lados para se certificar de qualquer coisa, cumprimentou o funcionário do balcão, acenou para os homens que discutiam na mesa ali perto, e veio em minha direção.

— Boa noite — disse ao puxar a cadeira para sentar.

— Boa noite, professor. — Levantei-me e cumprimentei-o.

— Desculpe a demora, tive um contratempo na Universidade — fez um aceno para o garçom. — O de sempre, Maurão.

Sentamos. A plateia fez uma efusão de aplausos e assobios. O vocalista anunciou:

— Agora a gente vai tocar uma música que a censura vetou.

Todos na plateia riram e aplaudiram. Os acordes de *Gita*, de Raul Seixas, saíram da guitarra SG preta: sujos, elétricos, rasgantes. Parecia que o espírito de Tony Iommi incorporara no guitarrista para executar, à sua maneira, a canção de Raulzito.

— Este lugar é um oásis para todos nós — disse Charles.

Uma das moças da mesa dos fundos levantou-se, e foi ao banheiro. A outra tomou um gole de cerveja, e ficou observando a banda.

— Um oásis para vocês, mas um banquete para os pacificadores. — Dei um gole na cerveja.

O garçom trouxe uma dose de licor de açaí para Charles.

— Aqui, professor. Este é por conta da casa.

— Opa, obrigado, meu amigo. — Deu um gole de leve no copo de licor de açaí. — Mesmo que eles acabem com este lugar, outros surgirão.

— Acho muito curioso como a Regência Trina da Universidade não conseguiu detectar um lugar como este bem debaixo da barba deles.

— É impossível impedir os outros de pensar — disse olhando para os lados, como que para se prevenir da possibilidade de alguém o escutar. — Os burocratas da censura e os psicopatas da polícia política podem ser brutais, mas, em muitos aspectos, são burros.

A mulher que tinha ido ao banheiro retornou. Em seguida, as duas beijaram-se, e continuaram conversando.

— Aquelas duas mulheres — disse Charles — são duas competentes historiadoras sobre a escravidão na Amazônia. Mas você sabe que esse é um assunto proibido. Sabe aquele outro homem que está escrevendo com aquele monte de livros? — Apontou discretamente com o dedo indicador. — Ele sabe muito mais como pensam os bárbaros do governo que os próprios militantes reacionários que nos acusavam de todas as coisas na época dos distúrbios. Aqueles dois homens que cumprimentei são dois economistas de renome, aposentados compulsoriamente pelo regime.

Tomei um gole pequeno de cerveja. Uma moça bonita de cabelo cacheado entrou no Caverna acompanhada de um homem mais velho. Encostaram no balcão, pediram uma bebida e ficaram conversando.

— O que eu quero dizer, detetive — passou a mão no rosto —, é que todos nós somos, de uma maneira ou de outra, sobreviventes. Essas pessoas são aposentadas, afastadas, perseguidas. Tiveram suas pesquisas embargadas, suas vidas vigiadas, sua intimidade violada. Aqui é um lugar onde lemos livros que não podemos ler, ouvimos músicas que não podemos ouvir, discutimos temas e teorias que não podem ser discutidos. Este lugar é uma válvula de escape.

O cabeludo do balcão me olhava com cara feia.

— Ele é desconfiado com desconhecidos — disse-me Charles. — Avisei que receberia alguém para discutir um assunto importante.

— Então, professor, você disse que sabia de algo relacionado ao meu caso. — Não me sentia à vontade naquele lugar. Tomei todos os cuidados, mas não tinha cem por cento de certeza de que não fui seguido. — O caso Anhangá. — Queria ir direto ao ponto e pegar a maior quantidade de informações possível. Isso se a pista fosse quente.

Charles abriu o zíper de um dos bolsos da pasta, e colocou as mãos lá dentro. Então disse:

— Depois de anos pesquisando sobre como o mundo funciona, vendo o que sempre fazem com os mais fracos, você perde a fé nas pessoas, até em você mesmo. — Terminou a dose de licor, pediu mais uma com um gesto para o garçom, e continuou. — Sei que você já viu coisas sinistras na polícia, mas eu também vi quando cheguei nos grotões do Brasil profundo.

Mais pessoas chegaram para assistir ao show, eram todos jovens de olhos lívidos e expressão alegre.

— Preciso te contar uma coisa — Charles disse após

alguns segundos de silêncio. — Conheci teu irmão, fomos muito próximos durante a época da faculdade. Grandes amigos. Depois, mais que isso. Quando ocorreram os Expurgos, meu pai tentou de todo jeito ajudá-lo, mas, infelizmente — senti sua voz embargar —, a influência de meu pai era limitada. Por isso, acho que devo confiar em você.

Os Grandes Expurgos trouxeram muito mais coisas ruins do que as pessoas sabiam: prisões arbitrárias, assassinatos de opositores políticos, sumiço repentino de pessoas que discordavam do Líder Supremo, culturas e religiões milenares postas na ilegalidade, professores impedidos de dar aulas. Todos viraram possíveis suspeitos e culpados. Eu era adolescente na época, meu irmão se tornou uma liderança importante no nosso bairro, e se elegera vereador. Eu me lembro de quando ele sumiu, levado pela polícia política para ser interrogado após um protesto. Nunca mais o vi. Minha mãe morreu de câncer dois anos depois, acho que foi resultado da depressão causada pelo desaparecimento dele. Meu pai seguiu os passos da minha mãe quando completei vinte e dois anos. Logo em seguida, entrei para a polícia.

— Por isso você acha que pode confiar em mim? — indaguei.

— Eu posso?

Resolvi não responder. Charles insistiu:

— Se você tivesse informações capazes de comprometer todo o regime que matou seu irmão, o que faria?

Ficamos em silêncio. Charles pegou um Eric Hobsbawm, e ficou folheando enquanto finalizava seu licor. A banda tocava *War Pigs*. A plateia, mais numerosa, agitou-se. As paredes pareciam tremer com as linhas de baixo. Sempre acreditei que este dia chegaria. Era hoje. Agora. Tomar decisões porque algo que aconteceu há tanto tempo marcou tão profundamente a mim e às pessoas que amo, porque me liga de forma definitiva ao destino do mundo e do tempo.

Respondi sem pensar muito:

— O que você tem para mim, professor?

Charles concordou com a cabeça, vi um brilho de satisfação reluzir em seus olhos. Guardou o livro com delicadeza na bolsa e tirou uma embalagem de plástico com um cartão de memória dentro.

— O que vou encontrar neste cartão? — disse ao segurá-lo.

— A relação entre o vigilante Anhangá, os assassinatos de pessoas poderosas e uma rede de tráfico de crianças indígenas.

— Tirou da bolsa uma pasta grossa amarrada com barbante, e ofereceu-me. — Aqui tem mais documentos que comprovam tudo o que estou te falando. Tenho várias cópias espalhadas por lugares secretos.

Tomei a pasta, abri e folheei alguns documentos. Muitos eram cópias e continham a rubrica de confidencial, cópias autenticadas de e-mails, transcrições de conversas virtuais, memorandos, atas de reuniões, ofícios, autorizações e diretivas. Era um bolo encadernado de cerca de quinhentas páginas. Charles, que me observava analisar os papéis, disse:

— A pasta é a ponta do *deep shit* que é o regime. Comece por ela. Depois siga para o cartão de memória, lá tem quase um tera de documentos.

O homem que escrevia ao computador deu um suspiro e espreguiçou-se. Olhou para nossa mesa, reconheceu Charles, e fez um sinal de positivo, que retribuiu com igual amizade.

— O que sabe sobre esse vigilante?

— Ele não é um vigilante.

— Ele foi uma experiência militar?

Charles riu, passou as mãos nos cabelos, e aprumou-se sobre a cadeira.

— Há mais coisas entre o céu e a terra do que possa imaginar nossa vã filosofia, senhor policial.

Olhei para o relógio: quase 11h. Aquela conversa me deixava cada vez mais intrigado. O estilo truncado de falar do professor causava-me impaciência. Abri a boca para fazer uma pergunta, mas ele interrompeu:

— A cosmologia dos Tupinambá e dos Mawé possui uma série de deidades, espíritos e visagens. Quando estudamos isso na universidade, achamos que tudo não passa de mitologia, que são só invenções do espírito humano para dar sentido a essa vida tão insegura e breve. — Olhou para o copo, viu que estava quase vazio, virou os olhos para os lados, observando a plateia, riu, e balançou a cabeça. — O buraco é mais embaixo. O falecido professor Cristiano Pereira coletou relatos dos últimos descendentes da tribo dos Mainá, que diziam que, com a conquista e o fim de todas as coisas, as deidades do oeste retiraram-se para o mundo subterrâneo, mas o Anhangá, servo de Yurupari, o senhor das regiões escuras e devorador de almas, hibernava numa região remota da floresta, e poderia um dia ser acordado para vingar os povos das humilhações de seiscentos anos.

— Chegou o dia em que ele acordou?

— Ele foi despertado.

— Quem o despertou?

— Alguns meses atrás, uma aldeia Munduruku foi atacada por uma milícia armada. Desse grupo, saíram três mercenários para subir o rio Cururu, mas foram massacrados. Acho que eles chegaram ao lugar onde o patrono das regiões escuras dormia em seu sono profano. — Limpou a boca úmida com as costas da mão, e apertou bem os lábios finos. — Depois disso, todos os integrantes da milícia foram assassinados de forma cruel, incluindo alguns fazendeiros.

— O governo acha que é alguém com treinamento militar, talvez um veterano das guerras lunares de Phobos e Europa.

— Antes fosse isso. — Ajeitou as lentes redondas dos óculos que escorregavam pelo nariz oleoso. — Como se explica a grande capacidade de entrar e sair por lugares tão bem guardados? As mortes cruéis e gente louca dizendo que viu um terror negro e sem forma com olhos que emanavam uma terrível luz esverdeada? Você também viu, não foi? Ainda tem pesadelos?

Um mal-estar subiu pelo meu peito. Senti minha cabeça esquentar e minha testa umedecer. Tive a impressão de uma pequena tontura. Aprumei-me para deixar meu tronco ereto sobre a cadeira, e respirei fundo.

— Como sabe disso?

— Ele se comunica com algumas pessoas através de sonhos. Pela sua reação, acho que você já sabe.

— Os pesadelos — eu disse após inspirar e soltar o ar pela boca — não saem da minha cabeça.

— Você tem um papel nisso tudo. Todos nós temos.

A sensação aumentava. Charles notou meu incômodo, e pediu uma água para garçom. O gole entrou gelado pela minha garganta, trazendo uma sensação de alívio. Senti minhas forças recobrarem e a ansiedade diminuir.

— Por que resolveu fazer isso só agora, Charles?

— Assim como você tem pesadelos, também tenho os meus. — As sílabas saíam emboladas, e percebi seu olhar distante e úmido sob a luz amarela que caía sobre mesa. — Sonho com teu irmão todas as noites. Me sinto culpado por não ter salvado a vida dele. Estou cansado de ter medo, cansado de acreditar que a qualquer momento um pacificador vai entrar no meu apartamento e me levar embora para sempre. Estou cansado de ser esmagado por esses bastardos.

A banda encerrou a apresentação e guardava os instrumentos. A plateia dispersava. Uns iam embora, e outros sentavam-se às mesas. O cabeludo do balcão colocou a canção *Eu Sou Janu*, das Januárias, no aparelho de som. Charles prosseguiu:

— Ligue os pontos. Não vamos nos falar mais depois disso. A bola agora está com você. — Olhou para o relógio: quase meia-noite. — Adeus! — Levantou-se a custo da cadeira. Cambaleou um pouco, e saiu andando sem equilíbrio pelo bar, esbarrando nas pessoas até sumir por entre os convivas. Sobre a mesa, a pasta de documentos, o cartão de memória e dois copos vazios.

Terminei de tomar minha água, coloquei a pasta debaixo do braço e o cartão no bolso, fui ao banheiro, paguei minha comanda no caixa e saí. A noite estava amena e estrelada. As árvores balançavam com a brisa e um morcego passou voando por entre as construções de teto furado, paredes esburacadas e janelas fechadas às escuras. Uma velha índia dormia em meio às caixas de papelão que repousavam inertes em frente a um restaurante fechado. O cabelo resvalava envolvendo o rosto. No alto de um prédio, o outdoor veiculava propaganda oficial: *O enviado de Deus protege o Brasil do caos*, dizia a voz em letras grandes com o rosto do Grande Líder na tela. Vi um vulto escondendo-se atrás de um beco. Mendigos, por certo. Entrei no carro sem pressa, sentia sono misturado à embriaguez. Era bom estar daquele jeito, uma sensação de flutuação, de ver o mundo se mover mesmo estando parado.

A inteligência artificial do carro ligou:
— Boa noite, senhor. Detectei doses de álcool acima do permitido no seu sangue, recomendo que o piloto automático seja ativado, para que o leve em segurança a sua casa.
— Como quiser, Rose. Autorizo. — Coloquei a pasta no banco do carona.
O carro acendeu todos os seus componentes, e preparava-se para o trajeto.
Um pacificador caiu de pé sobre o capô do carro e começou a dar socos no vidro, minha embriaguez diminuiu neste instante. Era um soldado sem rosto sob o capuz negro e a bandeira nacional reluzindo no peito esquerdo da armadura preta. Outro pacificador apareceu na porta do motorista, e forçava a entrada. Ouvi um barulho de algo caindo sobre o teto do carro, era mais um soldado que tentava invadir.
— Senhor, intrusos — disse Rose, esperando por ordens.
— Dirija o mais rápido que puder. — Procurei a arma no interior do porta-luvas. O carro saiu em disparada, jogando para trás os pacificadores que estavam no capô e no teto. Olhei pelo retrovisor, e os vi rolando no asfalto, levantando-se e olhando para o carro que se distanciava em velocidade. Uma mão negra surgiu no vidro da porta do motorista.
Filho da puta!
Deu um soco no vidro e uma pequena rachadura surgiu. Não demoraria para ser estilhaçado. O carro ultrapassou duas motos, e passou por um cruzamento. Por sorte, o sinal estava verde.
— Danos no vidro, senhor.
— Eu sei. — A arma estava descarregada, procurei a caixa de munição.

Merda! Onde estava a caixa de munição?

As batidas ficaram mais fortes. O vidro trincou. Se aquela coisa colocasse as mãos no meu pescoço, o quebraria em dois segundos.

— Sinal fechado em cinquenta metros, senhor.

— Ultrapasse, Rose.

— O sistema aponta que isso nos fará chocar com um carro.

— Desvie.

As rachaduras tomavam conta do para-brisa. Eu não tinha muito tempo. O carro ultrapassou, costurando um ônibus escolar e um caminhão de lixo.

Quando passamos pelo cruzamento, não batemos no carro por pouco. Porém, meu retrovisor foi levado. Ouvi um grito de alguém me xingando, e, de relance, vi um dedo do meio levantado.

— Senhor, avarias no retrovisor direito. Prejuízo calculado em trezentos reais, as lojas mais próximas para manutenção são...

— Cale a boca, Rose!

O pacificador escalou até o capô, e ficou bem na minha frente. Não tinha olhos, nariz ou boca. Era só escuridão, a mesma escuridão que assombra os homens quando sentem que vão morrer.

Mas eu não morreria naquela noite.

Ele bateu de cabeça no vidro, e ficou me observando procurar a caixa de balas.

— Rose, ajuste o insulfilm do vidro para cem por cento, e procure uma via expressa.

— Sim, senhor.

As batidas recomeçaram. A cada choque da cabeça o carro tremia. Parecia um aríete contra um portão de pedra. Achei a porcaria da caixa de munição jogada embaixo do banco do carona. Coloquei três balas. Talvez fossem o suficiente. O carro tremia, e o para-brisa começava a empolar.

— Senhor, o vidro quebrará em trinta segundos.

O espaço onde o pacificador batia com a cabeça parecia uma teia de aranha que aumentava de tamanho, envolvendo todo o carro.

— Vá para o acostamento, e pare bruscamente — falei movido mais por reflexo que pelo pensamento. Se não desse certo, estaria fodido.

O carro arrastou-se por uns cinquenta metros com o pneu cantando alto e deixando suas marcas escuras no asfalto machucado da avenida. O pacificador foi arremessado vários metros à frente. Abri a porta. Ele se preparava para pular sobre mim, fez uma pose que me lembrou um lobo. Quando avançou, dei dois tiros, e desviei-me da investida. Um tiro pegou no peito e outro no ombro. Recuei para perto da porta do carro, e vi o maldito, que tinha caído e rolado alguns metros na rua, levantar com duas marcas superficiais na armadura.

Maldito filho da puta! Não sente medo nem dor.

Entrei no carro.

— Rose, dispare o mais rápido que puder!

Ainda fomos perseguidos por uns cem metros até o pacificador ser deixado para trás.

# VIII

Falei o que aconteceu para Caripuna, que pareceu assustado. Encaminhei um protocolo para a Corregedoria e para a Superintendência. A resposta que me deram foi inacreditável: provavelmente foi um erro ocorrido, porque alguém me confundiu com outro suspeito. Enviei um email para Gregório Alceu, que me desprezou, e disse que essas coisas acontecem...
 Apesar das avarias no carro e estresse causados pela perseguição, comecei os trabalhos de análise no outro dia. Tive ajuda de Marcelo, mas aquilo levou semanas, meses. Não foram tempos tranquilos. Os pesadelos assombravam-me. Eram formas sem nome, gritos de horror, noites de céu vermelho, a terra abrindo-se, tentando me engolir.
 Apesar das noites mal dormidas, eu avançava.
 Os documentos, as gravações e conversas transcritas ligavam todos os pontos. O Líder Supremo apoiava uma rede de tráfico de crianças que seriam vendidas no exterior e patrocinava uma milícia que invadia terras indígenas. O governador e o secretário morto operacionalizavam a rede na Amazônia. Na Guarda Federal, o Líder colocava panos quentes com gente escolhida a dedo para impedir investigações. Outras eram levadas para uma empresa no Mato Grosso. Mas para fazer o quê? Era necessário um requerimento de quebra de sigilo de vários policiais da Federal, integrantes do IBAMA e outros políticos, mas esbarrei na resistência do delegado geral, que resolveu nos chamar até a controladoria da polícia para nos dar uma bronca.
 Dois dias depois da reunião com o delegado geral, achei um bilhete sobre a minha mesa com a frase: *É fácil esmagar*

*um mosquito*. Guardei o papel no bolso, e olhei para toda a delegacia: funcionários indo e vindo, policiais chegando em suas viaturas e gente com a face entristecida vindo fazer boletins de ocorrência. Perguntei à escrivã Marta, uma loira de cabelos encaracolados, o que se passava:

— Você viu alguém entrar aqui?

— Não, por quê?

— Por nada, deixa para lá.

Tentei ligar o computador, não consegui. Chamei o técnico em TI, mas o sujeito me disse que um vírus tinha queimado o HD. Seria necessário levar a CPU para a assistência. Fiquei puto, a cópia dos arquivos estava nele. Saí da delegacia, entrei no carro, e liguei para Marcelo.

— Fala, cidadão.

— Está muito ocupado?

— Tenho que analisar uns dados da delegacia de roubos e furtos.

— Tem como me mandar os dados do PDA de Vegas e o cartão de memória? É urgente.

— Eles vieram aqui, e pegaram todos os arquivos. Estavam com uma ordem judicial. — Eles quem?

— Os guardiões federais. Eles estavam com um grupo de pacificadores, nós ficamos sem entender. Ninguém reagiu.

Saí do meu carro, e fui para a sala de Caripuna. Quando entrei, ele estava todo sorridente, conversando no PDA com uma de suas novinhas. Quando me viu, trocou mais algumas palavras e desligou.

— O que você quer?

— Você soube que as provas do caso em que estou trabalhando foram levadas?

— Sim.

— Soube que eu acabei de ser ameaçado?
— Quem te ameaçou?
— Olha isso aqui. — Joguei o pedaço de papel sobre a mesa.

Ele leu o bilhete com a maior calma do mundo, como se fosse uma lista de compras.

— Deve ser alguém daqui, só pode.
— É só uma piada de mau gosto. Não ligue.
— Não ligue o caralho! — gritei. — Um dos seus investigadores recebe uma ameaça velada, e você fala isso? Lembra que quase sofri um atentado naquela noite? Vá tomar no cu!
— Porra, Heitor, está maluco! — Ligou o isolante sonoro da sala. — Sente-se aí.
— Eu exijo que se abra uma sindicância para apurar isso, estou sendo impedido de trabalhar!
— Você vai ficar quietinho! — disse Caripuna, que acabara de se levantar. — Como você acha que estou vivo até aqui? Porque fiz o meu trabalho, nunca quis inventar a roda, sempre obedeci quando alguém mais forte que eu mandava. O Gregório andou sondando tua vida, fez perguntas sobre você. Ele está sabendo do seu irmão, tive que dizer que você nunca me deu trabalho, que não era metido em atividade subversiva. Está todo mundo vigiando todo mundo! O mundo não é o que você quer que seja, ele simplesmente é o que é! Quantas vezes eu tive de fazer vista grossa para coisas que deixariam até o diabo de cabelo em pé? Se não fizesse, eles já teriam cortado minha garganta! — Parou por um minuto, e depois continuou. — Quando você e eu entramos aqui, sabíamos que ia ter muita sujeira, muita merda. Ou você se lambuza, e vira mais um cocô ambulante, ou você simplesmente deixa feder e dá graças a Deus para não aparecer com o corpo todo cheio

de balas. Ou você deixa a escuridão passar ou tenta brigar com ela, não tem mais volta, porque ela te manda para o inferno e te transforma em um pequeno diabo. — Sentou-se na cadeira, respirou fundo, e enxugou com as costas da mão as gotas de suor que surgiam na testa negra e enrugada. Falou, em tom de desabafo: — E tem outra, também fui ameaçado.

— Quem te ameaçou?

— Se eu não entregasse um relatório do jeito que eles gostariam, iam melar minha aposentadoria.

— Onde está o relatório?

— Em Brasília, com o Gregório. Mas você sabe, não faz diferença. Ele têm olhos e ouvidos em todo lugar. Não à toa o chamam de Olho de Sauron.

— E as provas da rede de tráfico?

— Não é sua jurisdição, é coisa dos guardiões federais. Quanto ao relatório, terminei no seu lugar, em breve eles vão fazer um comunicado à imprensa.

— Droga. Você sabe que os guardiões federais viraram praticamente a *SS* do vagabundo lá de Brasília. O que você escreveu?

— O que eles queriam, seu burro! Disse que era uma série de atentados de um maluco terrorista, soldado das guerras em Phobos, que foi aliciado pelo Martelo Negro.

— Martelo Negro? Olha já! Eles nem existem mais. Os últimos morreram nas Colônias Penais. Porra, como você faz uma putaria dessa comigo?

— Estou te fazendo um favor, garoto.

— Era o meu trabalho, delegado!

— Eu sou seu superior, posso interferir no seu trabalho a hora que eu quiser! Apenas ache esse Anhangá, conforme solicitado.

— Não vou pegar um cara que se move naquela velocidade e é capaz de esmagar exércitos inteiros.

— Você só precisa localizá-lo, o resto fica com eles.

— Eles?

— Eles têm uma nova arma, mas não sei qual. Só sei pelos meus contatos que pretendem testar um novo tipo de soldado para conflitos urbanos contra esse cara.

— Tudo isso para um único homem?

— Ou eles estão putos da vida ou sabem de algo que não sabemos. Segundo minhas fontes, o Líder Supremo anda preocupado com as atividades desse tal Anhangá, e vai decretar estado de sítio permanente.

— Eu não posso concordar com isso.

— Você não tem de concordar nem discordar. Só tem que fazer. — Abriu com um comando o teto de sua sala, e acendeu um cigarro. — Vamos obedecer e, assim, mantemos nossa cabeça no pescoço. — Soltou fumaça pelo nariz.

# IX

Em pouco mais de uma semana, Anhangá atacou. Desta vez, matou dois empresários, Thomas Scheidemann, gerente da Ultraboter no Amazonas, fornecedor de equipamento militar para o regime, e Joana Dias, dona de uma das maiores redes de clínicas de saúde da região Norte e uma das apoiadoras de primeira ordem da Revolução. O corpo do alemão foi encontrado na sala pela manhã, estripado e sobre o sofá. A pele, pendurada em um dos cabides do guarda-roupa. As câmeras, mais uma vez, nada detectaram. O androide que fazia a guarda pessoal do CEO, uma unidade não humanoide de dois metros de altura, estava todo destroçado. Joana Dias foi encontrada estirada no banheiro, os laudos apontaram que ela teve um ataque cardíaco, morreu de susto quando viu o senhor das regiões escuras.

Mais uma vez, as câmeras não captaram nada, foram desligadas no momento da invasão. Não encontramos sinais de arrombamento.

Após esses assassinatos, o supremo chanceler decretou o Ato Institucional de Salvação da Ordem Pública, suspendendo os poucos direitos civis que ainda restavam; aumentou o contingente de pacificadores nas ruas e as operações militares em áreas consideradas perigosas aumentaram. Não seria preciso dizer que a quantidade de gente morta nessas operações alcançou níveis astronômicos, pilhas de corpos formavam-se conforme os batalhões robóticos dos exércitos avançavam. Estava ficando algo tão sangrento que até mesmo a imprensa, cujos donos deviam favores ao Líder, viu-se obrigada a mostrar a matança.

Esperava-se que as medidas resultassem em uma união do povo contra a subversão.

Mas o que ocorreu foi um descontentamento crescente das pessoas. Perguntavam por que o Líder Supremo nunca aparecia em público. Ganhava força a ideia de que Anhangá era uma espécie de anjo salvador que estava ali para limpar a sujeira do país. Outros afirmavam que o vigilante sem forma era um terrorista vagabundo.

O decreto Salvação da Ordem Pública, que proibia a reunião de mais de três pessoas em locais públicos, começou a ser violado ostensivamente. Centenas de manifestações surgiram. Na área metropolitana, grupos se reuniam tanto contra quanto a favor de Anhangá, resultando em terríveis confrontos entre os partidários.

Nos lugares mais pobres e afastados, onde as operações em busca de Anhangá se iniciaram, o regime colocou seus melhores psicopatas para trabalhar. Frios e sedentos por morte, atiravam nas pessoas apenas pelo prazer. As licitações para compra de armas, armaduras biônicas e androides de guerra triplicaram a fortuna dos empresários do setor de armamentos. Mas ninguém encontrou Anhangá.

Lembro de uma vez, quando vi no centro de Manaus um pastor com uma Bíblia na mão pregando aos quatro ventos:

— Arrependam-se! O fim está perto! O Anhangá é o Cavaleiro do Apocalipse trazido pelo nosso senhor Jesus!

Algumas pessoas estavam ao redor dele, levantando as mãos para cima e gritando:

— Aleluia, irmão! Jesus salve o Anhangá, seu anjo enviado para vingar os justos! Na mídia, pregadores religiosos donos de canais de televisão e analistas mostravam-se preocupados com a anarquia gerada, afirmavam que a culpa era do Anhangá e do Martelo Negro. Para eles, cabia ao poder central uma ação energética para conter a desordem.

No meio dessa bagunça estava eu, tendo reuniões frequentes com Caripuna e Gregório.

— Acho que vocês não estão fazendo o trabalho direito — disse o general dos pacificadores, enquanto tomava um gole de café, sentado à mesa de trabalho do delegado.

— Senhor, nós entregamos o relatório, conforme foi pedido — disse Alberto, humildemente.

Concordei com a cabeça.

— Nós já fizemos mais de dez operações em todas as áreas controladas pelos terroristas, matamos alguns suspeitos, e não encontramos nada — Gregório Alceu falava com uma calma assustadora. — Talvez vocês devam perder o emprego e enfrentar um processo por imperícia. O que acham de eu fazer um relatório completo justificando isso?

— Seria uma pena, general — disse Caripuna.

— Então comecem a dar a prioridade que esse caso precisa, porra! O mundo está acabando lá fora, todo dia uma convulsão social, uma morte. Todo dia temos o desmoronamento de tudo pelo que lutamos. É esse o mundo que você quer para os seus filhos, detetive, um mundo em frangalhos?

— Não, senhor.

— É esse o tipo de sociedade que quer para o seu neto que acabou de nascer, delegado?

— Nunca quis isso, senhor.

— Eu quero trabalho, trabalho e mais trabalho.

Cada vez que Alceu pronunciava a palavra *trabalho*, batia com o punho sobre a mesa. Ficamos alguns segundos calados. Um olhando para a cara do outro.

— Senhor, eu acho que... — tentou falar Alberto, mas o

general dos pacificadores fez um gesto arrogante com a mão para que calasse a boca.

— Analisei com muito cuidado aquele documento que vocês me enviaram. São denúncias graves, que podem abalar os alicerces da nossa República. — Vi os olhos castanhos brilharem. — Daremos o tratamento adequado a isso. — Tomou um gole de café no copinho. — Detetive Heitor, não estou satisfeito com seu trabalho. Acho que sua história pessoal te deixa com um viés inadequado, ideológico.

— Não entendi, general. Eu sempre fui...

— Você está afastado do caso. Vou recomendar ao superintendente da polícia um novo nome.

— Seu filho da puta! Eu sempre fui um policial disciplinado! Quem você pensa que é?

— Heitor, acalme-se! — disse Alberto Caripuna.

— Eu sempre andei nas regras! Quem você pensa que é, seu matador de crianças?

Gregório Alceu não esperava pela minha reação. Ficou parado por um momento, olhando-me com aqueles olhos de zumbi. Então, disse:

— Agora não está só suspenso do caso, mas suspenso da polícia. Entregue o distintivo!

Em teoria, Alceu não tinha autoridade para me suspender. Mas como estávamos sob intervenção federal, isso era possível. Lembro-me de ter partido para cima daquele velho, e de ter me debatido com outros dois policiais que tentaram me segurar.

— Sua carreira acabou! — ele gritava com aquela maldita voz rouca de fumante atrás da mesa. — Você acabou! Acabou!

Eu estava suspenso da polícia, e talvez fosse demitido. Saí de lá sem distintivo, sem pistola e sem permissões de acesso. Dentro de duas semanas seria chamado para dar meu depoimento a uma comissão supostamente independente.

Dois dias depois, fomos eu e Caripuna tomar algo no Café Expresso em um shopping tradicional de Manaus.

— Ele vai matar a cidade inteira se for preciso, só para conseguir acertar esse tal Anhangá — disse Alberto Caripuna ao cortar a tapioca de banana com tucumã. — Ele está muito mais interessado em conter o vazamento das informações que você encontrou. Encomendaram mais de mil androides para a guerra urbana. — Colocou um pedaço na boca, e continuou: — Um amigo disse que eles querem só um pretexto para matar simpatizantes da subversão.

Permaneci em silêncio, com o dedo engatado na xícara de café e um pedaço de pupunha espetada no garfinho como um corpo empalado. Caripuna prosseguiu:

— Vão matar qualquer um que possa ser um terrorista, ou que em um futuro próximo possa simplesmente parecer um. Tem outra questão: alguns milhares de pobres fodidos a menos resolve a questão da pobreza, e deixa a cidade... Vamos dizer na linguagem deles: mais bonita.

— Me sinto impotente, incapaz. Essa merda vai sobrar para a gente.

— Não vai, se Deus quiser. Eles já queriam fazer a limpeza nas áreas menos nobres há muito tempo, isso tudo é só um pretexto, sabe? Derrubam dois problemas com um único tiro. — Mastigou um pedaço de tapioca, e engoliu. — E usam isso como um instrumento para desviar a atenção do desemprego e da inflação. — Cortou mais um pedaço de tapioca e tomou um gole de café. — Vou tentar aliviar para você na comissão. Vê se consegue um atestado de estresse e pânico, já vi isso acontecer. Aí eles te colocam em um cargo administrativo. Tiro e queda!

Uma garçonete de óculos e cabelo ruivo veio trazendo minha empada de camarão.

— Obrigado, querida.

Quando a garçonete se distanciou, prossegui:

— Aquele filho da puta do Alceu vai descontar na gente.

— Você tem para onde fugir?

— Como assim?

— Se sair uma ordem expedindo nossa prisão, alguns contatos que me devem favores em Brasília têm como me avisar. Posso embarcar na surdina para Portugal com minha mulher e filhos e pedir asilo. — Cortou mais um pedaço de tapioca e colocou na boca. Caripuna tinha o péssimo hábito de falar de boca cheia. — Já vou ver isso. — Um pedaço de tucumã voou da sua boca e foi parar na mesa. — Você tem para onde ir?

Não respondi. Na televisão, vi surgir Nadja Paim dando plantão sobre um desabamento em uma área pobre no extremo leste de Manaus.

— Deve ter um jeito. Esses filhos da puta vão pagar caro por terem matado meu irmão, e me jogado nessa cama de gato.

Falamos sobre poucas coisas mais naquele início de noite. Caripuna ainda tomou suco de taperebá. Pedi uma dose de caxiriz. Ele foi embora vinte minutos depois. Tinha compromisso na igreja. Ainda fiquei alguns momentos, pedi mais uma dose de caxiri e um suco de abacaxi com hortelã. Tomei sem pressa. Fiquei admirando as mulheres bonitas que passavam. Em seguida, dei uma volta rápida pela livraria. Uma edição de luxo de *O Áspero Chão de Santa Rita* chamou minha atenção. Quando estava no caixa, o cartão da jornalista Nadja Paim caiu da minha carteira. Peguei-o, paguei pelo livro, e fui para o banco da loja folheá-lo.

Na minha mão, o cartão de Paim. Demorei a observá-lo. Isso seria um tiro no escuro.

# X

O local que escolhemos para o encontro foi o antigo Parque dos Bilhares, renomeado para Parque dos Justos. Era um pequeno oásis no meio do caos de concreto. Árvores, bancos e grama rodeando um antigo igarapé. Naquele horário, às 18h30, era comum ver pessoas correndo, jogando vôlei nas quadras, adolescentes de preto reunidos em rodas tocando violão e casais conversando. Ao contrário do professor Charles Rodrigues, Nadja Paim não se atrasou. Quando andava pelo caminho sinuoso de pedras do parque, avistei-a sentada em um dos bancos embaixo de uma velha palmeira. Pernas cruzadas, calça jeans preta e camisa de linho cor branca. Os cabelos encostavam sobre os ombros. Nesse momento, percebi o quanto ela era uma mulher linda.

Quando me viu chegar, levantou-se, e me cumprimentou:

— Boa noite, senhor. É uma honra poder te ouvir. — stendeu as mãos para mim.

Notei que eram macias e frias. Senti seu perfume, era uma fragrância suave.

— Boa noite. — Fui me sentar, e Nadja sentou comigo.

— Estou muito agradecida por ter entrado em contato. Gostaria de algo para beber ou comer? — Ela colocou a mão na bolsa para tirar algo.

— Não precisa, não estou com fome. Aqui neste banco está ótimo.

Nadja abriu a bolsa, e tirou um gravador. Seus olhos castanho-claros olhavam-me com curiosidade. Parecia que tentavam desvendar o que eu pensava e quais as minhas intenções. Eram olhos que me hipnotizavam, seduziam-me sem que eu desejasse. Desviei do olhar de Nadja, e fiquei observando um cachorro caramelo correr atrás de uma bolinha azul jogada pelo seu dono, um jovem que aparentava ter pouco mais de vinte anos.

— Por que aceitou me escutar? — perguntei. — As informações podem trazer perigos a sua vida.

Um casal jovem passou na nossa frente. Andavam devagar, com os braços entrelaçados. Na quadra ao lado, um jogo de vôlei acontecia. Podia-se ouvir o barulho da bola quicando, o rasgar agudo dos tênis sobre o chão e as vozes de vibração ou lamento quando um ponto era computado.

— Eu me formei como a primeira da minha turma, detetive — inclinou-se um pouco para frente na intenção de ajeitar a camisa nas costas —, e, desde então, vi colegas meus com menos tempo de serviço, mas muito hábeis em adular os poderosos, subirem na profissão, enquanto eu ficava estagnada como repórter de rua. — Arrumou a bolsa sobre o colo. — Sou uma jornalista, e procuro boas histórias que valham a pena, quero mostrar meu valor. Fiz um juramento na minha colação de grau, e tenho de cumpri-lo, apesar de tudo.

Os lábios de Nadja me cativaram de uma maneira que não sabia explicar. Os olhos brilhavam sob a luz do poste de iluminação. Acima de nós, estrelas cintilavam. Senti um prazer enorme em ficar ali ao seu lado. Tive vontade também de sentar minha cabeça sobre seu colo, e sentir suas mãos acariciarem meus cabelos. Poderíamos passar a noite toda um ao lado do outro, não me importaria.

— Você pode me dizer como foi seu primeiro contato com o caso Anhangá? — disse Nadja após apertar o botão de *rec* no gravador.

Procurei contar tudo, sem omitir os detalhes. Muitas vezes eu retrocedia à narrativa para recuperar coisas que havia esquecido. Nadja Paim, que ficava a maior parte do tempo ouvindo-me com atenção, fazia uma ou outra pergunta para me fazer esclarecer algum detalhe ou explicar coisas pelas quais passei muito rápido. Contei tudo: as provas colhidas, os assassinatos, meus pesadelos, a visão daquela coisa, a perseguição. Ficamos umas duas horas conversando. O relógio batia 21h30 quando terminei. Perguntei:

— O que acha?

— Se fôssemos uma sociedade aberta, essa história faria o sistema político inteiro ruir como um castelo de cartas.

Se fôssemos uma sociedade aberta — aquilo ficou na minha cabeça.

— O problema está nas provas. Preciso dos documentos, do *memory card* e de todo resto para checar e fazer a matéria.

— Deu um suspiro de desânimo, e jogou uma mecha de cabelo para trás. — O fato de você estar suspenso restringe seu acesso a várias coisas. Quanto ao seu relato, não acho que isso poderia ser publicado aqui. Eu teria que entrar em contato com alguns colegas que trabalham fora do país. Acho que o *El País* ou a *BBC* topariam. Tenho contatos lá. — Tirou da bolsa um frasco de álcool em gel, passou nas mãos, e continuou: — As pessoas estão se movimentando, Heitor. Explodiram um duto de gás natural na semana passada. Um pacificador foi atacado com pedras em um bairro periférico. Fala-se em um grande protesto nas próximas semanas. Se conseguirmos publicar tudo com as provas, isso vai ser mais um combustível. — Colocou o gravador na bolsa, e fechou o zíper. — E o professor Charles Rodrigues?

— Não tive mais contato. Tentei ligar, mas ele não atende.

— Vou contatá-lo, não acredito que tenha dado todo

aquele material sem ter uma cópia.

O grupo de homens que jogava vôlei na quadra ao lado preparava-se para ir embora. Olhavam para baixo, cansados e sujos. Um morcego passou voando sobre nós, e embrenhou-se nos ramos de um jambeiro adulto alguns metros à frente.

— Deveria ter feito o *back-up* das provas — disse. — Se tivesse feito isso, talvez muita coisa poderia ser entregue a você.

— Onde estão as provas?

— Provavelmente na Superintendência Regional dos Pacificadores.

Uma criança passou brincando com uma máscara de palhaço maléfico perto da sorveteria. Ela urrava e corria atrás das outras, que fugiam dando voltas nas árvores e gargalhadas.

Nadja Paim olhou as horas no celular, e disse:

— Vou indo, Heitor. Obrigada. Vamos nos falando.

Nadja seguiu a trilha de ladrilhos, caminhando rápido e olhando para baixo com a bolsa de couro marrom presa sob os braços.

— Te peguei, agora você é o It! — falou a criança com máscara quando conseguiu alcançar um dos colegas. Tirou o rosto do palhaço mau, e entregou para o outro.

# XI

Não demorou para sabermos que o professor Charles Rodrigues fugiu do Brasil em um navio cargueiro, e pediu asilo no Canadá. Isso restringia nossas alternativas. Eu refletia sobre o que fazer, jogado na minha cama e com os olhos virados para o teto mofado. Peguei a garrafa de vodka e tomei o último gole. Droga! Quase um mês sem pisar na delegacia. O problema de estar afastado do trabalho é que você fica sem nada para fazer. Cabeça vazia. Pensamentos negativos não demoraram a tomar conta da minha mente.

A comissão de inquérito só ocorreria daqui a duas semanas, e eu sequer recebi a carta de afastamento. Malditos! Minha rotina ficou tão decadente quanto a decadência do mundo. Bebia, saía com prostitutas, bebia de novo e dormia. Àquela altura, não me importara em procurar um advogado. Não cansava de pensar nos meus pais e no meu irmão: seu Navarro, pele escura e cabelos crespos, jeito casmurro, trabalhava como motorista de uma empresa de papelão; dona Agnes, derme clara e cabelos sempre tingidos de loiros, professora particular de música, bem-humorada e risada gostosa de ouvir. Foi ela quem incentivou meu irmão na carreira, comprando livros e dando apoio moral para prestar a pós-graduação. Meu irmão, olhos vivos, pensamento rápido, sensibilidade para os problemas do mundo. Na aparência, nós dois puxamos o pai. Na personalidade, eu era muito mais próximo ao seu Navarro; já Carlos, semelhante a dona Agnes. Éramos dois curumins quando nosso pai nos levava para a escola de futebol do Rio Negro. Meu irmão jogava no sub-18 e eu, no sub-12. Ele jogava de goleiro, e eu era o segundo volante. Eu gostava de marcar e subir pelo meio, ajudando na saída de bola. Meu ídolo era o Paquinha, camisa 8 do Rio Negro que foi campeão brasileiro em 2030.

Nossa mãe nos levava ao Museu de Ciências Naturais. Ali eu ficava impressionado com aquelas formas sinistras dos besouros pendurados sobre as mesas de madeira e com o grande pirarucu que nadava no aquário, um verdadeiro monstro sob as águas. Agora tudo acabou. Tudo virou memória. E estou aqui, diante de mim mesmo. Diante do vazio. Pensava também em Nadja, nos seus olhos, no seu jeito, na sua inteligência. Pesquisei um pouco sobre ela: trinta e quatro anos, dois livros lançados, algumas matérias censuradas. Melhor que eu, um reles funcionário que sempre foi um medíocre na sua profissão, que acabou de fazer trinta anos e estava à deriva no mundo. Merda de profissão! Ontem me machuquei. Foi deliberado. Peguei uma faca e fiz uma cicatriz no meu pulso, talvez para espantar a dor de me sentir sozinho no mundo. Não foram poucas as vezes em que pensei na morte. Naqueles dias perfeitos para nossos algozes, a ideia de morrer se tornava tão sedutora, tão bela... Quase tão interessante quanto repousar minha cabeça no colo de Nadja.

Vou dar tudo de mim neste caso. Se eu morrer, terei pelo menos algum lucro.

Lembrei-me das crianças brincando com a máscara de palhaço. Aquilo me deu uma ideia. Meio boba, mas era uma ideia. Liguei para Nadja.

— Oi — ela falou do outro lado do telefone.

— Nadja, ocupada?

— Acabei de escrever uma matéria. Pode falar.

— Acho que sei como conseguir as provas de volta.

— Não entendi direito. Pode repetir?
Repeti, falando mais devagar. Era difícil.
— Heitor, você bebeu?
— Mas você é esperta, hein?
— Oi, Heitor. Daqui a pouco vou sair para fazer uma cobertura.
— Tive uma ideia — disse após organizar as frases na cabeça. — Falo pessoalmente. Vamos nos ver no parque depois do teu trabalho?

Quando se trabalha na polícia, sempre é bom contar com informantes. Alguém de relativa confiança, capaz de falar sobre movimentações suspeitas em casas, ruas e becos. Um dos meus informantes era Túlio Varela, um biohacker que vivia de pequenos serviços nas imediações do Bodozal, bairro remelento de casas podres no extremo leste da cidade. Morada dos indesejados, dos rejeitados, ali era o restolho de doentes, putas, mendigos, hereges, viciados, maníacos sexuais e quem mais desejasse se esconder ou sumir.

Os biohackers foram um dos grupos atingidos pelos Grandes Expurgos. Acusados de heresia por profanarem o corpo, muitos foram assassinados ou enviados para a prisão. Mas uns e outros ainda estavam em atividade, escondidos nas sombras de pensões decadentes, puteiros ou em becos de mercado ilegal. Ainda era possível adquirir seus serviços de modificações corporais, desde que uma grande quantia fosse paga e a discrição mantida.

Anoitecia. Nuvens cinzentas cruzavam o céu, e acumulavam-se a sudoeste. Eu e Nadja andávamos pelas calçadas emporcalhadas do Bodozal. Ela usava um boné, e mantinha a cabeça baixa para não ser reconhecida. De ambos os lados, barracas vendendo quinquilharias. Viciados em Krokodill amontoavam-se embaixo de uma garagem de casa abandonada. Uma prostituta de três seios passou por nós usando só uma calcinha preta.

Eu já vi isso em algum filme?

Nadja a fitou com olhos de reprovação:

— Essas prostitutas modificadas... — disse com asco na voz.

Uma mulher idosa nos parou para pedir esmola. Raros fios de cabelo caíam pela testa.

— Tome, senhora — Nadja deu algumas moedas de um real para ela. Quando a mulher viu o dinheiro, esbugalhou os olhos, abriu um sorriso nos lábios, pegou o dinheiro, e saiu pulando como se fosse a ganhadora da Mega Sena.

Um cara com o saco escrotal de fora, do tamanho de uma bola de futebol, apareceu na nossa frente.

— Doutora, doutora, me ajuda a fazer uma cirurgia para corrigir o meu sacão cururu? — A voz saía rouca de uma boca desdentada. Ele alisava o saco peludo e repleto de cicatrizes, como se fizesse carinho em um filhote de cachorro.

Notei que Nadja sentiu nojo e medo. Peguei-o pela gola, e disse:

— Não tá vendo que você está perturbando a gente, seu merda? — joguei o sujeito no meio de uma lixeira cheia de ratazanas.

Enquanto nos distanciávamos do homem, ele gargalhava.

— O meu saco! Sou o Doutor Sacudo do Bodozal! Eu mando aqui! Quero me separar do meu saco! Dói muito!

À frente, um grande cartaz tinha o anúncio: *Sintéticos para uso sexual. Todas as idades disponíveis.*

— Onde diabos viemos parar? — disse Nadja ao ler o que estava escrito.

— No coração das trevas...

— Ainda falta muito?
— Deixa eu ver. — Tirei meu iPad, e acessei o mapa virtual.
— Esse cara mora ou se esconde?
— Mais se esconde do que mora.
Segundo o mapa, estávamos a cinco minutos.
— Temos que ter cuidado. Uma mulher se perdeu em um desses inferninhos em uma cidade lá no sudeste, e acabou devorada por ratos mutantes do tamanho de cachorros.
— Meu Deus!
No céu se fez escuridão. E um rasgo de luz atravessou-o, como se fosse uma espada rasgando um corpo. Sobre nós, um estrondo do deus da guerra.
— Temos que nos apressar — disse Nadja.
Depois de alguns minutos andando e se desviando das centenas de pessoas que esbarravam em nós, meu iPad soltou um apito.
— É aqui — eu disse.
Era um prédio estreito de paredes negras de fuligem. Dava de esquina para uma rua estreita que desembocava em uma muralha de lixo. Do outro lado, uma velha escola em ruínas tinha em suas paredes a seguinte pichação: *Anhangá vive!* riscado em vermelho sobre uma pintura do rosto do Líder Supremo.
Na entrada, um sujeito muito velho de chapéu de palha estava sentado sobre um banquinho. Tinha ao seu lado uma cesta com algumas notas e moedas. No violão Folk de cor preta, executava *Pegue esse Trem*, de Rafael Elfe. A escada subia escura com uma luz piscando feito um vaga-lume. Gemia aos nossos passos o chão de madeira. Tive a impressão de que pisei em algo gosmento. Quando chegamos ao primeiro andar, o corredor surgia estreito com luzes vermelhas e portas

fechadas. Ali, quase na metade do corredor, vi o número 12, onde morava Varela. Bati na porta.

— Já vai! — uma voz respondeu.

Eu e Nadja nos encaramos por um momento.

A porta se abriu, e Túlio Varela surgiu para nós.

— Oi, gato, entre. Oi, querida.

O apartamento era de três cômodos. Banheiro e quarto conjugado com cozinha. A cama era redonda. No canto, uma mesa de madeira. No outro cômodo, a porta fechada. Sentamos no sofá marrom de dois lugares. Túlio se estirou na cama. Vestia um short apertado e um colete branco aberto.

— Querem beber alguma coisa?

Recusamos. Nadja tirou o boné e seus cabelos claros caíram sobre os ombros. Túlio Varela ficou observando-a por dois segundos.

— Eu te conheço de algum lugar? Ah, já sei! Você é a moça da previsão do tempo, né? A Nayara Pai, Painho, Paisinho?

— Nadja Paim, sou repórter de campo. — Percebi uma indisposição na voz dela.

— Ah, sim, você trabalha na rua! Menina, você é mais gostosa na TV do que pessoalmente.

Nadja ia abrir a boca para falar quando intervi:

— Porra, Túlio! Olha aí, cara!

— Desculpa, mana, são meus remédios que não tomei hoje. Ando meio de lua. — Passou a mão na cabeça e ajeitou os longos cabelos loiros. — Agora está namorando a jornalista famosa? Tá bem, hein? Esqueceu da Verônika?

Nadja olhou-me com cara de vergonha alheia.

— Deixa de onda, Túlio — eu disse.

— Mas e aí? O que vocês querem?

— Acho que você já sabe que eu fui afastado, né?

— Sim, um urubu me contou.
— Urubu? — disse Nadja.
— Urubu é um caso meu, que tenho na polícia.
— Então você já sabe que foi por causa daquela situação — eu disse.
— Esperar o que dessa gente? Mas e aí — Túlio sentou-se sobre a cama —, o que eu tenho a ver com isso?
— Preciso recuperar as provas que eles confiscaram.
Varela ficou por um momento nos observando, cruzou as pernas, e acariciou o queixo com o indicador e o dedão.
— Você quer recuperar as provas para sua namorada gostosona publicar?
— Isso. Quer dizer, não somos namorados. Você pode nos ajudar, cara?
— Tirando o fato de que acho que essas provas estão em uma fortaleza cercada por um monte de boys magia armados, ainda não sei como me encaixo nessa sua ideia de jerico.
— Seu Túlio — disse Nadja —, o senhor, como biohacker, pode fazer um rosto e uma identidade falsa de alguém autorizado. Heitor entraria lá para recuperar os arquivos.
Túlio Varela levantou-se, foi até a cozinha, tirou uma garrafa de água da geladeira, encheu um copo, e tomou um gole rápido. Virou-se para nós, sério, e encostou-se na pia segurando o copo na altura do rosto.
— Onde estão essas provas?
— O Alberto disse que foram para a sede da Superintendência da Guarda Federal, em Manaus — respondi.
— Um policial afastado não consegue nem passar na frente daquele circo de horrores. Ouvi dizer que eles idolatram aquela gorducha nazista Ingrid Olderock que torturava gente no Chile e um maluco com nome de passarinho que matou índios no

Araguaia. Além do mais — tomou outro gole —, existe uma distância muito grande entre o que eu quero fazer e o que eu posso fazer. — Lá fora, um relâmpago anunciava a chuva. Alguns pingos começaram a cair, batendo impacientes contra a janela. Túlio tirou um cigarro da gaveta, e colocou-o entre os lábios. — Tem outra coisa: o que vocês vão fazer depois? Vão para onde? Eles vão sumir com vocês, e a vida continua.

Ouvimos um gemido de mulher atravessando as paredes. Sentia-me desanimado. Túlio acendeu o cigarro e soltou uma longa baforada, que se desvaneceu no ar abafado. Nadja, que nos observava, disse:

— Você pode fugir.

— Fugir, meu bem? — ele riu. — Sabe o que fazem com gente como eu? Eles empalaram meus amigos. Estou bem aqui, nas sombras, fodendo a vida dessa gente do jeito que posso. Você pode até escapar, podem te colocar para ser esposa de algum general velho de pau mole, igualzinho ao romance da diva Margaret Atwood.

— Nós podemos te ajudar. Preciso mostrar quem é realmente essa gente. Depois que juntarmos as provas e os relatórios, vamos enviar para um jornal internacional. Haverá muita pressão pela proteção das testemunhas. Você e Heitor podem pedir asilo. Ninguém mexeria com a jornalista que forneceu as provas.

— Tulinho... — eu disse — Estou cansado desses caras. Você sabe o que fizeram com o meu irmão. Agora estão querendo fazer o mesmo comigo. Só o que quero é retribuir. Não quer retribuir o que fizeram com seus amigos?

— Eu quero viver!

— Viver ou sobreviver? — falou Nadja. — Sempre escondido, rastejando pelos cantos, enquanto os porcos estão aí?

Eles estão com medo! Estão doidos para pegar esse vigilante. As pessoas começaram a murmurar. Esse regime não é tão forte quanto pensavam. As pessoas já se recusam a obedecer tão facilmente. As sanções da ONU estão aumentando. Fala-se em um movimento de desobediência civil. Vídeos estão rolando pelos celulares afirmando que o Martelo Negro voltou. A gente pode fazer algo.

A energia elétrica do prédio vacilou. Ficamos por um ou dois segundos sem luz. Retornou, e caiu ainda umas duas vezes antes de normalizar. De repente, achei que nós três éramos figuras fantasmagóricas de um conto de Lucchetti, condenadas em algum castelo mal-assombrado. O céu enegreceu por completo, e a tempestade ganhou ímpeto. Sobre nós, um barulho de cama se arrastando.

Foi um diálogo difícil. Delicado. Túlio pediu garantias. Muitas. Tive que entrar em contato com Alberto para colocá-lo no esquema da ida a Portugal.

Era uma tarefa complexa. Colocar-me no rosto de um agente falso com acesso ao salão de provas da Superintendência. Túlio Varela teve que entrar em contato com alguns colegas do mercado negro para conseguir uma identidade e um crachá de acesso clonado de um agente assassinado.

# XII

Os procedimentos ocorreram no seu laboratório: o cômodo que estava com a porta fechada no dia da nossa visita. Já vi lugares sujos, consultórios clandestinos de cirurgias plásticas e de odontologia, mas nada que se igualasse ao laboratório de Túlio: uma maca com um colchão marrom de tanta sujeira e fungos, teias de aranha no teto, caixas espalhadas pelo chão, componentes eletrônicos velhos sobre uma mesa antiga e tubos de ensaio com líquidos malcheirosos. Pensei em desistir, mas estava em cima da hora.

— Quanto tempo isso vai demorar? — perguntei, deitando na maca.

— Três horas, pelo menos.

— Não vai me matar, porra! — Olhei meu relógio, 15h.

— Vou ser cuidadoso com você. Depois vou devolver aquele seu rosto lindo de novo.

Nadja, que estava na porta do laboratório, disse:

— Vou te esperar aqui na sala.

— Deite na minha cama — disse Túlio. — Pode comer algo na geladeira. Se quiser ler, tem Philip K. Dick, Atwood e algumas coletâneas de horror da Cyberus na estante do canto.

Túlio Varela colocou o inalador de anestesia no meu rosto. Fiquei três minutos acordado, respirando aquele gás azul enquanto ele mexia em alguns instrumentos em uma caixa. Meus olhos pesaram. Era uma sensação gostosa, meus músculos, retesados pela tensão, afrouxaram-se. Ainda ouvi algumas palavras de Varela antes de dormir:

— Achei essa merda!

Por quanto tempo fiquei em coma? Não sei. E o que sonhei? Tudo era escuridão.

Acordei deitado sobre a cama redonda.

— Você voltou! — disse Nadja.

— Meu garoto! — Túlio aproximou-se de mim com uma lanterna de médico na mão. Uma luz amarela acendeu quando ele apontou o objeto para os meus olhos. — Parece bem. Sente algo?

— Não. Quer dizer, não sei. — Relembrando aqueles momentos, acho que sentia um peso sobre meu rosto. — Parece que tem um tijolo na minha cara. Por quanto tempo dormi?

— Três horas durante o procedimento e mais três horas aqui na minha cama. Você está feio que dói. Quer se ver no espelho? — Mostrou-me um pequeno em forma quadrangular.

Nadja me observava de um jeito estranho, estava de pé, na frente na cama.

A figura que o espelho refletiu era a de um homem de meia-idade. Rugas na testa e nas bochechas. Lábios finos e inexpressivos. Eu agora tinha uma careca rodeada por um círculo de cabelos brancos.

— Você me deu olhos azuis?

— Minha marca, gato. Olha aí sua identidade. — Túlio jogou uma pasta com documentos sobre o meu colo. — Você agora é Domingos Hans, tenente de infantaria da Divisão Centauro. Um veterano das guerras em Phobos, integrado ao aparelho de inteligência.

Nadja pegou a pasta, e leu com atenção os documentos ali guardados.

— E esses memorandos?

— Esse aí é o pulo do gato. — Túlio sentou-se no sofá

com um copo de caxiri na mão. — Se perguntarem qualquer coisa, ele fala que tem uma ordem do Conselho Superior de Guerra para retirar alguns documentos sobre o Martelo Negro.

Coloquei-me sentado sobre a cama. Uma dor de cabeça me envolveu. Varela continuou:

— É normal essa dor. Tome esse remédio. — Ofereceu-me uma pílula com um copo de água.

— Quanto tempo dura essa modificação? — disse Nadja.

— Pode durar meses. Mas preciso que volte para cá depois de sua missão. Vou retirar tudo para despistar as buscas.

Quando minhas dores de cabeça acabaram, eram por volta das 19h30. Algumas poças de água acumulavam-se aqui e ali junto ao lixo e chorume. Cachorros, ratos modificados e mendigos disputavam comida estragada. Algumas pessoas andavam com pressa olhando para baixo, talvez com medo de assalto. Um helicóptero militar passou no alto do céu com velocidade. Olhei para Nadja, e a vi colocando o boné branco na cabeça. Ela pegou minha mão, e disse:

— Vamos. Quero chegar a minha casa antes das dez. Você também tem que chegar a sua e descansar. — Foi à frente, guiando-me pela mão.

Deixei-me guiar por aquela mão macia e perfumada. Parecia algo pequeno, mas, para mim, era ótimo. Andamos daquele jeito por cerca de quarenta minutos. O suor das nossas mãos se misturavam.

— Estou andando muito rápido? — indagou Nadja.

— Não. Estou ótimo.

— Sente alguma coisa?

— Estou de boa.

Depois de alguns quarteirões, chegamos ao estacionamento rotativo, onde nossos carros estavam estacionados, um ao lado do outro. Nadja virou para mim quando me preparava para entrar no veículo:

— Quando vai à Superintendência?

— Amanhã mesmo, não quero mais perder tempo.

— Não me sinto totalmente segura, Heitor. Começo a achar tudo isso muito perigoso. Estou preocupada com você.

Ela está preocupada comigo? Isso é um bom sinal.

— Agora já foi. — Disse depois de segundos digerindo as palavras de Nadja. — E não tente me convencer do contrário, senão desisto.

Eu estendi a mão para ela em sinal de cumprimento. Nadja fez menção de me abraçar, mas não retribuí. Ela afastou-se, sem graça.

— Entre em contato comigo assim que voltar. Vou rezar por você. — Sorriu, e entrou no carro.

Quando entrei no automóvel, dei um soco no volante. Por que não a abracei? Assim são os tímidos, não aproveitam a oportunidade.

Liguei o carro, e o reconhecimento de DNA iniciou. A voz de Rose saiu pelo painel:

— Boa noite, senhor. Em que posso ser útil?

— Ative o piloto automático, e me leve para casa.

O céu estava estrelado e a lua, em quarto minguante. No trânsito tranquilo, meu carro ficou atrás do veículo vermelho modelo popular de Nadja Paim. Notei que vários postes não tinham luz. Indaguei-me se o racionamento voltaria. O automóvel compacto de Nadja sumiu ao dobrar o cruzamento. Foi a última vez que nos falamos. Por alguma razão, foi a pessoa que mais amei neste mundo, mesmo sem nunca tê-la beijado ou abraçado. A memória de seu rosto preocupado, encarando-me com aqueles olhos de ametista antes de nos despedirmos, é a melhor lembrança que tenho dela.

# XIII

A Superintendência situava-se numa das áreas mais nobres de Manaus. As pessoas a chamavam de templo da perdição. Era um bom apelido para uma construção que lembrava um palácio, contudo, muito mais extensa, grandiosa, megalomaníaca. Paredes pintadas de um cinza triste, centenas de janelas de vidro opaco e escadarias descomunais. Nela, o homem comum se sentia sozinho, abandonado, quase à deriva. Pobre daquele que precisar levar um documento ou realizar uma petição junto ao templo da perdição; se não for barrado pelos milhares de androides na base das escadarias, que os populares chamavam em tom de piada de caminho dos espinhos, perder-se-ia nos infinitos corredores e salas da Superintendência. No seu topo, sobre o domo, tremulava a bandeira brasileira, e, sobre as colunas de estilo neogótico, gárgulas de olhos medonhos e línguas de fora ameaçando quem tentasse se aproximar.

Estacionei o carro dois quarteirões fora do quadrante de segurança, e fui caminhando até a Superintendência. Não deixei de perceber os olhares curiosos e até hostis de um ou outro guarda. Apesar disso, ninguém se aproximou de mim. Só quando cheguei à entrada que um androide pediu minhas credenciais. Entreguei meu crachá. Ele o escaneou com a palma da mão. Após alguns segundos, deixou entrar.

Nunca havia entrado na Superintendência. O salão principal era amplo, ornado com madeira nobre, provavelmente tirada da Amazônia de forma ilegal. Vi na parede principal um quadro pintado com o rosto do Líder Supremo, uma tela de cinco metros de diâmetro onde ele dava um sorriso desgrenhado, vestido num terno de azul desbotado, olhos de um azul cadavérico, apesar da tentativa do pintor de esconder as rugas. Na outra parede, uma cruz de madeira com Cristo crucificado. Vitrais contando a história oficial da Revolução completavam os ornamentos nas paredes. Chão preto e paredes cinzas, lisas e limpas. Burocratas, militares, guardiões e androides caminhavam em silêncio. Era um ambiente ascético, daqueles que transformam as pessoas em bárbaros sem coração, treinados para obedecer às atrocidades do conselho de guerra e do Líder Supremo. Fui até o balcão, e mostrei de novo para um cabo o meu crachá junto com meu distintivo. Ele olhou por alguns momentos, levantou-se, e fez uma saudação militar:

— Tenente — ele disse —, é um prazer tê-lo aqui. O senhor pode pegar o terceiro corredor à direita e seguir pela linha negra até as instalações subterrâneas.

— Obrigado. — Peguei de volta a identificação, e coloquei-a no bolso.

— Tenente, me desculpe, mas vou precisar de novo dos seus documentos.

— Algum problema?

— Nenhum, senhor. Esqueci de gravar seus dados.

Percebi que eu deveria ser mais rápido do que pensava. Os dados logo seriam analisados pelo sistema, e poderiam descobrir a qualquer momento que os documentos eram falsos.

— Vai demorar muito? — questionei. — Ainda tenho que realizar outras missões para o Conselho de Guerra.

— Não demora, senhor. Prometo — disse o cabo com mesuras, tentando se desculpar.

Olhei em volta. Gregório Alceu passou acompanhado de dois assessores. Senti vontade de roubar a arma do cabo e atirar nele. Segurei-me. Alceu passou sem me notar.

Detestava a forma como caminhava: queixo erguido, olhando para as pessoas como inferiores, sem olhar diretamente nos olhos.

— Pronto, senhor tenente. Siga por ali. — O cabo apontou para o corredor com uma faixa preta nas paredes.

O corredor se estendia, sinuoso, até níveis mais baixos. Era escuro, úmido e abafado. Cruzei algumas vezes com soldados, funcionários e oficiais; quando me viam, cumprimentavam com reverência. Na parte que parecia ser a mais baixa do complexo, havia um portão de grades vigiado por um soldado, que viu minha identidade, e depois examinou-me de cima a baixo. Não podia aparentar nervosismo. Eu sabia que essa gente, sempre tratada como cachorro de rua, só entendia a linguagem da brutalidade.

— O que você está examinando, cabo? Está achando que vim aqui para brincadeira? Pensa que sou a boqueteira da tua mãe?

— Não, senhor, desculpe. — O cabo baixou a cabeça em reverência. — Apenas seguindo o protocolo. — Abriu a porta, e me deixou entrar. — Procure o funcionário Da Silva, tenente, ele vai abrir os arquivos para o senhor.

Vi um espaçoso salão de mesas com vários funcionários de vestimenta social andando de um lado a outro com papéis nas mãos ou teclando rápido nos computadores de mesa.

Pequenas formigas na máquina de moer pessoas.

Quando entrei no salão, percebi alguns olhares curiosos. Perguntei a uma senhora idosa, sentada à mesa ali perto, onde poderia falar com o Da Silva.

— É o gerente de documentos — ela disse. — Em frente àquela porta grande. — Da Silva era um homem idoso, talvez beirasse setenta anos. Muito magro e com grandes armações de óculos redondos em volta dos olhos, digitava no computador quando o abordei. Ficou observando os documentos que apresentei por alguns minutos, sobrancelhas franzindo atrás das lentes como se não entendesse o motivo do pedido naquela folha de papel. Coçou a cabeça, ajeitou-se sobre a poltrona, e disse:

— Se os homens lá de Brasília estão pedindo, quem sou eu para reclamar? — Levantou-se, e fez sinal para segui-lo.

Fomos até o grande portão verde desbotado que ficava aos fundos do setor. Os trincos rangeram, e deparei-me com outro grande salão de centenas de milhares de estantes, identificadas com etiquetas que se estendiam a perder de vista. Sobre cada estante, dezenas de pastas e caixas com numerações estranhas. No teto, algumas das luzes fluorescentes falhavam. Da Silva disse com voz de tédio:

— Seus documentos estão guardados entre as prateleiras 541 e 588 — tossiu de maneira artificial. — Estarei na minha mesa se precisar de ajuda. Boa sorte, senhor!

O portão fechou às minhas costas. Fiquei ali, parado, observando toda aquela insanidade de documentos. Quanto tempo demoraria? Uma, duas, três horas? Três dias? Eu seria capaz de perder-me naquele pantanal de estantes. Meu corpo apodreceria, e ninguém me encontraria. Vi a sombra de alguma coisa do tamanho de uma mão se escondendo atrás de uma caixa. Dei alguns passos olhando para as letras de identificação das prateleiras. Corredor B: prateleiras de número 81 a 90. Corredor C: 91 a 100. Corredor D: 101 a 110. Os corredores, depois da letra Z, começavam a misturar números e letras: A1, A2, A3... B1, B2, B3... Quanta informação essa gente dispunha! Isso sem falar no servidor central, em Brasília. O som de uma goteira ecoava ao longe com um ruído de algo estalando. Não conseguia enxergar o fim do salão, apenas divisava os corredores estreitando-se em pontos escuros que se perdiam na distância, apesar da luz.

Ouvi um barulho lá fora, seguido de uma algazarra e da voz indistinta do Da Silva. O portão abriu-se, e vi três oficiais acompanhados do cabo que cadastrou meus documentos na entrada.

— É ele! — gritou o cabo, apontando o dedo para mim.

Embrenhei-me pelos corredores. Ouvi um tiro e o barulho da bala passar por cima da minha cabeça. Penetrei por alguns metros em um dos corredores, e virei à direita. Os quatro entraram, cada um em corredores diferentes. Previsível. Era para me cercar. Um deles apareceu atrás de mim, e deu outro tiro. Dei um pulo à esquerda. Outro tentou me agarrar. Virei outra vez mais à esquerda. Mais um tiro passou por mim, e acertou uma caixa marrom de documentos. Embora a extensão fosse desconhecida, o salão parecia ter a largura de uns trezentos metros, precisava explorar isso a meu favor. Cruzei o máximo que pude por entre os corredores, e me escondi agachado atrás de uma prateleira. Ouvi passos e vi as sombras dos oficiais sendo projetadas pela luz.

— Esse cara está acabado!

— É só um velho, não deve estar muito longe, e está cansado — disse aquele que parecia ser o líder. — Senhor, não queremos machucá-lo, deve ser só um mal-entendido. Entregue-se, vamos conversar. Quem sabe sua pena receba um atenuante.

Eles pensam que sou só um homem idoso. Perfeito.

Sombras de homens se aproximavam com passos lentos ecoando pelas paredes de pedra. Talvez eles fossem apenas isso, sombras do que um dia fora a humanidade. Um rato escondeu-se em um buraco embaixo de uma prateleira, e um morcego pendurado na viga do teto observava-me com olhos graves. As sombras aproximavam-se, ficando maiores, e os sons de passos menos tênues. Ouvi uma arma ser engatilhada. Quando vi uma cabeça surgindo, pulei sobre ela. O homem tentou atirar, mas sem sucesso. A arma caiu num dos cantos, e cravei os dedos nos olhos dele. O sujeito gritou de dor, chamando atenção do resto do bando. Dois tiros foram disparados, acertando o sujeito cego e arrancando parte da minha orelha. Senti uma queimação absurda. Sangue escorria pelo meu pescoço. Peguei a arma, e dei um tiro. Não olhei para trás. Fui me embrenhando sem direção pelos corredores.

— Vou te matar, filho da puta!

Corri para dentro das trevas subterrâneas. Agora minha única chance seria tirar essa máscara e trocar de roupa com algum desses filhos da puta, ou mesmo entrar pelos buracos de refrigeração e sair me esgueirando até descobrir onde daria. Um lugar sinistro cheio de corpos, talvez. Já ouvi histórias sobre isso na polícia. Dizem que bem no fundo da Superintendência fica o cantinho do diabo, onde ele fuma charutos, e tortura pessoas enquanto ri alto. Lendas com um fundo de verdade. O cantinho do diabo fica a céu aberto, e o diabo fuma e bebe lá em Brasília.

A dor na orelha aumentava: toquei com os dedos, e percebi que não tinha mais a hélice, porém, eu ganhava a disputa. Um cego e outro ferido. Saí correndo abaixado por entre as estantes. Um oficial mancando me viu.

— É ele!

Dei um tiro que o acertou entre os olhos. O sujeito caiu de costas. Tiros choveram sobre mim. Balas brilhantes rasgavam minhas calças nas laterais. Corri pela direita, e subi mais um pouco. Em uma prateleira estava o número 484, e nem sinal do fim do corredor. Talvez não houvesse uma saída por onde escapar.

Ainda faltavam dois para eu matar.

Tentava cruzar mais alguns metros quando uma bala me acertou o joelho. Caí de quatro. Quando olhei para trás na intenção de revidar, outro tiro acertou meu ombro. Dor extrema. Minha visão ficou turva. Fui me arrastando até um lugar escuro. Tontura. Uma bala brilhante atravessou as caixas e acertou meu pescoço. Caí sobre meu queixo e rolei de costas. Engasgava em meu próprio sangue enquanto via dois vultos sobre mim, observando-me com olhos cheios de raiva.

Uma cortina de negror desceu sobre meus olhos.

*Como um cachorro*. Foi meu último pensamento.

# XIV

Vi outras dimensões, mundos e universos. Campos, colinas e florestas infinitas de luz e escuridão. Árvores do tamanho de arranha-céus margeando o grandioso rio Ancestral, por onde todas as gerações deverão cruzar depois do fim de tudo. Era o lugar do Verão Sem Fim, onde a colheita nunca é escassa, e não há morte nem sofrimento. Animais, pessoas e todos os seres vivem plasmados em harmonia ecológica. Ali, acima das árvores, das colinas, dos montes, das nuvens e de tudo, vi as faces da Deusa Primordial, cujos olhos transpareciam compaixão e enternecimento. Quando ela me olhou com aqueles olhos castanhos, não me contive. Caí em prantos, e chorei, não como uma criança sem pai, mas como alguém que percebe algo que está muito acima e além de qualquer compreensão.

Um portal abriu-se diante de mim, fui jogado em um vórtice de planetas, estrelas e galáxias que giravam como se fossem um furacão que move o universo. Comecei a gritar. Achei que fosse morrer ou sofrer algo pior que a morte. Então, o vórtice parou. Fui jogado em um lugar abandonado e sem luz. Acima, escuridão sem estrelas. Ao meu redor, campos de terra árida e rochosa, vegetação escassa, ruínas de castelos tomados pela desolação e por raízes de plantas carnívoras. Vultos passavam por mim, figuras que lembravam pessoas, cujo semblante era entristecido e abatido. Por um momento, concluí algo terrível: era o fim da minha jornada, não havia mais nada que pudesse fazer.

Nas ruínas de uma casa logo atrás de mim, algo estremeceu. Uma luz cinzenta projetou-se entre as pedras, e um som medonho, de centenas de vozes guturais blasfemando em idioma profano, reverberou. Em seguida, silêncio. Algo vivo e inumano observava-me das ruínas por entre os buracos nas paredes. Esse algo se projetou para fora, e revelou-se a mim. Era Anhangá, olhos verdes e perversos, negro como um nazgûl e com chifres de cervo brotando da cabeça.

— *Finalmente* —disse com uma voz abafada e grave que não saía de sua boca, mas entrava direto na minha cabeça.

— Que lugar é este?

— *Estamos nos domínios do meu mestre Yurupari, Senhor do Mundo Subterrâneo. Em algum lugar entre as Trevas Exteriores e as Terras Devastadas.*

— Eu te ajudei. Juntei as dicas que você tinha deixado nos meus sonhos para, no final, você não me ajudar.

— *O meu mestre designou-me para um plano do qual você fazia parte, mas a deusa Yakruãn só permitiu que fôssemos até certo ponto.* — Observou-me por um momento. — *Você a viu, não foi? Consigo perceber pelo seu olhar inquieto. A maioria dos que a veem enlouquecem, perdem as forças, desmaiam. Aqueles que foram maus em vida sentem tanto remorso depois de encará-la que passam a eternidade em depressão profunda, tentando se matar, mas nunca conseguem, são assombrados por visões e pesadelos que os destroem por dentro.*

Eu não conseguia me segurar, só de pensar na deusa. Coloquei as mãos no rosto para me esconder, senti vergonha pelas lágrimas caindo dos meus olhos. Anhangá prosseguiu:

— *Mas você não enlouqueceu, não perdeu as forças, não desmaiou. Continuou firme. Isso é um bom sinal, Heitor. A deusa estava certa. Infelizmente, ela parece sempre estar certa.*

— Então minha jornada acaba aqui?

Anhangá riu. Foi uma risada medonha.

— *Para cá são enviados todos os condenados. Meu mestre*

*providencia o sofrimento, porque ele odeia todos que fazem algum mal ao ecossistema universal que rege todas as dimensões do cosmo. Mas não, aqui não é o fim de sua jornada, é um outro começo.*

Algo caiu a leste, e a terra tremeu. Seria um cometa? Quando me voltei a Anhangá, tinha desaparecido. Uma onda de poeira e luz assomou a leste, e tomou conta de todo o horizonte. A borrasca subiu até tocar as nuvens, e investiu contra a paisagem, destruindo árvores secas, ruínas e envolvendo os vultos que um dia foram pessoas. Tentei correr, mas o vendaval de destruição era inescapável.

# XV

Um lapso de consciência tocou-me como um pingo de goteira toca o chão ao cair. Era quase um choque que reverberava meu cérebro. Aos poucos, recobrei os sentidos. Estava deitado sobre uma superfície fria e dura. Sentia-me nu. Sons indistintos. Senti meus músculos tremerem. Vozes iam e vinham.

— Vamos dar um jeito no corpo desse cara.
— Que tal dissolver em ácido?
— Essa biomáscara que colocaram nele é muito boa. Trabalho de profissional.
— O general Gregório já tinha alertado que esse aí daria trabalho.

Abri os olhos. Teto com uma lâmpada de luz pálida e amarelada. Meus músculos não paravam de se contrair: dor, câimbra, sensação de que estavam prestes a explodir.

— *Bem-vindo de volta, Heitor.*
— O quê? Você? Onde você está?
— *Na sua mente, no seu corpo.*
— Mas o quê?
— *Eu te disse que havia um plano para você.*
— Então é isso? Volto aos mortos?
— *Apenas deixe que te guie. Respostas para depois.*

Chamas surgiram, e dominaram toda a sala, carbonizando os soldados que guardavam meu corpo. Quando o fogo cedeu, aquilo que antes eram guardas virou uma massa repugnante de carvão de bocas abertas. Os gritos de terror chamaram a atenção de outros oficiais, que vieram averiguar, mas não precisei fazer muita coisa. Quando me viu, um cabo jogou a arma no chão, e saiu correndo com medo, outro teve um ataque de pânico, e se jogou em um canto, chorando. Um vigia atirou, mas as balas bateram no peito e caíram parecendo borracha. Agarrei o vigia pelo pescoço, e o arremessei contra a parede. Dois androides avançaram sobre mim. Segurei seus braços, destruí suas armas, e os parti ao meio. Eram como bonecos de Olinda de tão frágeis. Acionaram o alarme. Alcancei o que parecia ser o pátio central. Era noite. Pelo que podia ver, depois do meu assassinato, levaram-me para um quartel. Postados acima no segundo andar, dezenas de soldados e androides mantinham-me na mira com fuzis, metralhadoras e armas de plasma.

Havia alguma coisa naqueles soldados que chamava minha atenção, podia sentir, podia cheirar. Era algo que, por mais que soasse estranho, atraía-me, dava-me prazer, tesão. Isso mesmo, era algo quase sexual. Mas não eram feromônios, era outra coisa: medo.

Sentia o medo projetando-se de cada poro dos seus corpos. Isso me atraía.

— *Nós nos alimentamos do medo. Por isso somos bons em provocá-lo.*

— *Nós?*

— *Agora somos nós.*

O oficial gritou:

— Renda-se ou vamos usar nosso poder de fogo! — Pela insígnia, deveria ser um capitão. Notei um leve tremor na voz.

— Por que vocês não vêm aqui, e tentam me prender?

Dei um passo à frente. Os soldados enrijeceram-se. Notei que os dedos pressionavam de leve os gatilhos. Uns e outros deram um passo para trás.

— Vamos atirar, sua aberração!
— O que vamos fazer?
— Enfrentá-los. Não tem outro jeito.
Percebi que um soldado se mijava de medo. Era jovem, acho que não tinha dezenove anos. A calça estava úmida, e gotas de urina desciam até o chão. Outro, que estava ao lado do capitão, suava e tremia. Notei alguém balbuciando uma reza. O que era tão horripilante na minha aparência para me chamarem de aberração?
— Atirem!
Rajadas azuis e projéteis dourados caíram sobre mim. Tiros atravessaram as paredes, avariaram colunas. Eu sentia o impacto das balas de calibre pesado, elas partiam-se, ricocheteavam, ou amassavam com o choque. Era como ser atingido por bolas de paintball. O plasma atingia-me, e dispersava-se no ar. Não me feriam, mas incomodavam. Pareciam milhares de carapanãs voando à minha volta. Não demorou para o pavilhão inteiro cair sobre mim, e os tiros cessarem.
Embaixo daqueles entulhos, podia ouvir centenas de passos aproximando-se, cuidadosos, medrosos, reticentes. Alguém colocou os pés onde eu estava, e disse:
— Acho que está morto. — Era a voz do capitão.
— Graças a Deus — ouvi alguém dizer.
Mas Deus não estava ali.
Eu estava.
Enfiei minha mão por entre centenas de quilos de concreto, ferro e madeira, e agarrei a perna do capitão. Ele gritou muito quando levantei, e segurei-o de ponta-cabeça. Não gritou mais quando o parti ao meio, e joguei suas partes sobre os soldados. A eletricidade do quartel ficou comprometida: luzes dos corredores, escritórios e postes piscavam feito vaga-lumes.

Devido à escuridão, não me viam com perfeição. Mas eu os via. Via também o desespero em seus olhos. A cada piscada de luz, eu aparecia em um lugar diferente. Esmaguei a cabeça de dois deles, peguei os androides, e joguei-os com força contra um grupo. Alguém tentou me esfaquear pelas costas, mas tirei a faca da mão dele, e enfiei em sua traqueia; sangue espirrou no meu rosto, o gosto era bom. Arranquei o braço de um sujeito, e joguei contra um cabo. Uma cabeça voou junto com fuzis. Tripas espirravam sangue pelo chão. Os tiros rareavam, assim como os gritos de dor e horror. Três soldados tentaram fugir, não permiti. Um deles jogou uma granada, mas consegui jogá-la para o alto, e logo ela explodiu no céu. Quando alcancei o infeliz, fiz o mesmo com ele, lancei-o a quinhentos metros acima do solo. Ele fez um barulho de tomate, esmagando-se ao atingir o chão.

Silêncio e escuridão. A luz tênue da lua iluminava os corpos e as ruínas do quartel: paredes destruídas, corpos esmagados, membros espalhados, armas e cápsulas de balas a esmo pelo chão. Um soldado sobreviveu. Arrastava-se para a saída com a perna esmagada. Fui até ele, e puxei-o pelo cabelo. O pobre coitado chorava.

— *Deixei-o viver, Heitor. Ele será mais um aviso do que estará por vir.*

— Fale para teus superiores — falei com voz baixa e áspera — que estamos no Prelúdio da Escuridão. O mundo verde está voltando, e vocês serão o passado.

Ouvi barulho de sirenes e motores estacionando. Reforços chegavam.

— *Vamos embora, caso contrário, vamos lutar até o amanhecer* — disse Anhangá. — *Apesar de tudo, temos um ponto fraco: a luz do sol. Apenas posso me manifestar em seu corpo à noite. Ser*

*atingido pelas luzes do dia quando estiver transformado me ferirá gravemente.*
— *E como vamos embora?*
— *Posso me transformar em qualquer animal que quiser, garoto.*
— *Eu já fiz trinta anos.*
— *Tenho trezentos mil.*
Comecei a mudar de forma e criar penas brancas e negras.
Um gavião-real?
Ainda pousei no teto para observar as dezenas de pacificadores invadindo o que sobrou do quartel.

# XVI

Depois que evadi, procurei meu carro, mas logo descobri, para minha tristeza, que ele fora apreendido, e Rose, formatada. Apesar de ser apenas uma inteligência artificial capaz de interação e desenvolver empatia, gostava dela. Considerava uma amiga. Meu apartamento foi depenado, levaram tudo. Não deixaram nem mesmo os móveis. Tornei-me inimigo do Estado, e meu rosto foi estampado nos canais de internet do governo e na televisão: *Heitor Oliveira Navarro, terrorista do Martelo Negro e aliado de Anhangá. Se você tem informações sobre ele, contate as autoridades, e ajude a proteger você e sua família.*

    A imprensa noticiou o ocorrido como um ataque terrorista promovido pelo Martelo Negro. Ocorreu um pronunciamento em cadeia nacional pelo Líder Supremo dias depois, e Gregório Alceu foi nomeado interventor do estado do Amazonas. A lei marcial foi decretada, e a atuação da imprensa, que já trabalhava sob forte vigilância, ficou mais controlada. Agora, o contingente de pacificadores nas ruas era maior. Podia-se vê-los revistando pessoas e dando tapas em gente suspeita. As manifestações, reprimidas com muitas prisões e alguns mortos, recomeçaram depois que um vídeo viralizou, mostrando um pacificador atirando em uma mulher grávida ao achar que ela tinha uma bomba por debaixo do vestido. Um padre foi preso depois que fez crítica à intervenção durante uma missa. Um jovem, foi morto depois que escreveu no muro externo de uma escola: *O mundo verde está de volta.* Em resposta, apedrejaram quartéis, soltaram coquetéis molotov contra carros militares, e picharam desejos de morte ao Grande Líder nos muros de repartições públicas. Não adiantou Gregório Alceu aparecer diariamente na televisão ameaçando de morte quem não seguisse o toque de recolher. Boatos de que ele e o governador seriam substituídos começaram a florescer pela internet profunda. A situação se espalhava para outros estados, com manifestações em Recife, Belém e Campina Grande.

Eu via Nadja todos os dias na televisão noticiando a versão oficial, e podia notar, pelos seus olhos embaçados e postura desanimada, o quanto ela se sentia forçada a falar aquelas mentiras. Muitas vezes pensei em visitá-la, mas sabia que estava sob estreita vigilância, principalmente depois que fora levada ao interrogatório, a fim de esclarecer os encontros que teve comigo. Fiquei aliviado quando soube que ela fora inocentada, e pôde retornar ao jornalismo com normalidade. Também estava feliz em saber que Caripuna e Túlio conseguiram fugir para Portugal e pediram asilo. Embora dessem entrevistas falando sobre os podres que descobrimos, ninguém deu muita bola, não tinham como provar. Só alguns veículos menores de imprensa resolveram dar espaço.

No meio de tanta morte e dor, saber que meus amigos estavam a salvo se tornou um alento para continuar.

Mas continuar o quê?

Anhangá disse que o correto era parar por um momento as atividades e esperar a repressão diminuir. Passamos a atuar apenas em lugares da Amazônia profunda, atacando posseiros, madeireiros e garimpeiros.

Então, passaram-se semanas, meses e anos.

Dois longos anos.

Eu visitava Nadja em segredo, sem que ela soubesse, em forma de gavião-real ou outro animal noturno. Eu a vi lançar um livro, ser promovida no trabalho e, para meu desgosto, conhecer uma pessoa e noivar. Ponderei se deveria me afastar. Contudo, por mais que tentasse, não conseguia, e lá estava eu pousado sob o teto de um prédio, observando-a pela janela.

Assim vivi meus dias. Não estava vivo, mas também não estava morto. Não era uma aberração, porque nasci como um ser humano, mas também não era alguém normal, estava fundido com Anhangá. Passei a viver entre os mendigos, bebendo sem sentir sede e comendo sem sentir fome. Eu era outra coisa, uma coisa sinistra que se alimentava do medo e da escuridão da noite.

Esse esquema das coisas mudou quando Alceu, que por algum milagre do destino não caiu em desgraça, participou de um anúncio com o Líder Supremo e o governador, em que afirmavam que a intervenção caminhava para seu encerramento, e uma cerimônia de transferência de prerrogativas do poder federal para o estadual ocorreria.

Eu tomava café na barraca dos Amigos de Maria, que trabalhavam doando refeições para a população de rua, quando vi o pronunciamento em uma holotela do alto de um prédio:

— Povo do Amazonas, homens que se doam sem falsa nobreza — disse o Líder. Notei que os cabelos grisalhos estavam mais numerosos. — Os últimos dois anos foram de grandes provações, mas tivemos fé em Deus e em nosso senhor Jesus Cristo. Conseguimos pacificar o estado, e levamos a julgamento todos os agentes subversivos.

Uma pessoa que passava saudou o líder com o dedo do meio levantado. Um mendigo que estava comigo chamou-o de filho do diabo.

— Não faça isso aqui, pode ser perigoso! — alertou o padre dos Amigos de Maria.

— Amanhã — continuou o Líder — estarei no Amazonas para inspecionar as tropas e devolver a normalidade institucional ao estado.

Durante a noite, enquanto me recolhia sobre um papelão, ouvi a voz de Anhangá:

— *Sinto um incômodo em você.*

— *Pode ser agora o momento certo de atacar.*

— *O local vai ter mais soldados do que Nazistas na Operação Barbarossa.*

— *Será um ataque que pode derrubar os bispos, as torres, o rei e a rainha. A nata da política local estará lá. Vamos. Tem gente que precisa acertar algumas contas comigo.*

— *Mesmo que tentássemos, garoto, a quantidade de soldados só nos atrapalharia, e o líder do regime teria tempo de evadir.*

— *Pode ser nossa única chance.*

— *E o que você propõe?*

— *Proponho chegar perto dele e atacar.*

— *Vamos com calma. Preciso pensar em algo.*

Perto de onde estava, três mendigos, sentados em círculo, dividiam uma garrafa de pinga.

— *Acerto de contas* — disse Anhangá.

— *Exatamente, como conversamos durante todo esse tempo.*

Um cachorro marrom apareceu correndo pela rua com um pedaço de carne na boca.

Atrás dele vinha um morador de rua, gritando:

— Filho da puta, roubou minha janta!

Ao longe, dava para ouvir um rádio ligado transmitindo uma notícia:

*Mais uma criança encontrada morta nas periferias de Manaus. A polícia diz que ela teve as partes íntimas arrancadas. Moradores cobram providências das autoridades.*

O rádio foi desligado. Ouvi um resmungo de algumas pessoas. Não os condeno. Ouvir certas desgraças acabam com nossa saúde mental.

Sobre nós, o céu ficou vermelho, e a temperatura caiu. Logo uma chuva me obrigaria a me esconder embaixo de uma marquise.

# XVII

O Líder Supremo chegou a Manaus em uma quarta-feira, na companhia de ministros e generais. Tiveram um cuidado meticuloso com a segurança: militares, androides, policiais e pacificadores cobriam todo o perímetro entre o aeroporto e o hotel na Ponta Negra. O avião presidencial foi acompanhado de dezenas de caças. O cortejo do carro presidencial até a cerimônia estava cercado por uma comitiva de dez viaturas e dezenas de motos, além de um helicóptero. A cerimônia ocorreria no Sambódromo, às 16h, seguida de um jantar no Palácio do Governo, 20h.

Toda a nata militar, política e empresarial estaria reunida em um único lugar fechado e com poucas saídas.

Perfeito.

As ruas de Manaus foram limpas para a passagem das autoridades. Prisões e processos contra a ordem atingiram centenas de pessoas. Tomaram o cuidado para que apenas cidadãos leais tivessem permissão de assistir à comitiva ou de estar presente no pronunciamento no Estádio Arena da Amazônia. Mesmo assim, alguns poucos protestaram, como uma mulher, que levou uma faixa escrita "Talibã de Coturno", e foi detida. Um senhor de oitenta anos levantou o dedo do meio para o carro presidencial, que rodava com janelas fechadas e vidros pretos. Foi espancado. Reprimiram também alguns pequenos grupos de universitários, logo levados para as delegacias e processados pela Lei de Garantia da Ordem.

Eu assistia a tudo pela televisão em uma lanchonete no Bodozal. Muito me chamou a atenção ver Gregório Alceu, antes tão altivo e arrogante, agora obediente, cumprimentando o Líder de cabeça baixa, quase um cachorro adestrado. Meu pai me ensinou que as piores pessoas são aquelas que são rudes com os humildes e submissas aos poderosos. Quantas pessoas alguém como Alceu e toda aquela quadrilha de assassinos de guerra não esmagaram apenas para adular e satisfazer às vontades do seu psicopata de estimação?

O sambódromo lotou. O desfile das tropas formava um mosaico sinistro de milhares de peças negras e verdes formadas por homens e máquinas. Um grupo de caminhões-tanques carregava grandes e pesados contêineres com o lema dos pacificadores escrito em letras vermelhas: *Viva a Morte!* Duas ou três cargas balançaram, como se algo estivesse vivo ali dentro. Lembrei das palavras de Caripuna, quando disse que uma nova arma foi desenvolvida pelo regime. A imaginação do que estaria ali dentro me causou calafrios. Logo eu saberia o que havia ali.

Vi Nadja Paim na televisão, agora âncora do telejornal, ostentando uma barriga de grávida de três meses sob um vestido verde de renda. Relatava a passagem dos grandes de Brasília ao lado de outro âncora, um sujeito jovem de barba por fazer:

— O Líder Supremo vem a Manaus observar todo o trabalho de Alceu em prol da República — dizia o jovem. — Acho que ele fez um bom trabalho.

— Eu tenho minhas dúvidas quanto a isso.

— Por que, Nadja? O estado foi pacificado, os líderes da agitação estão presos e processados.

— Então, Gustavo. Mas que agitadores? Até agora o governo não apresentou quaisquer provas que incriminassem as pessoas detidas, e ainda ignorou os pedidos da Anistia Internacional para oferecer um tratamento mais humano aos detidos. As sanções da ONU estão aumentando e...

O microfone de Nadja foi cortado, e Gustavo começou a fazer uma longa elegia aos feitos do regime. Um noia sentado ao meu lado gritou:
— Tem que matar esses terroristas, porra!
— Não fala merda, doido! — uma pessoa respondeu.
— Essa jornalista é terrorista, eu sei.
— Você é papagaio dos caras, por acaso? Acredita em tudo que eles falam!
— Vá tomar no cu!
Uma briga iniciou ali na lanchonete. Logo outros fregueses levantaram, e tomaram partido. O dono teve que desligar a televisão, tirar uma faca da cintura e ameaçar:
— Se vocês ficarem brigando aqui, vou expulsá-los!
Saí para caminhar pela calçada esturricada de gente deitada e embalagens de ilícitos usados. Anhangá disse:
— *Sente falta dela?*
— *Mais do que gostaria.*
— *Talvez ela ainda pense em você. Talvez sinta até mesmo culpa. Para ela, você morreu nos porões da polícia.*
— *Eu deveria esquecê-la. Mas fico pensando o que ela acharia se me visse agora, e no que me tornei. Sonho com ela me observando enquanto ataco as pessoas que fazem mal à floresta. Uma vez sonhei que Yakruã tinha o rosto dela.*
— *Para Nadja, você tornou a prova do que esse mundo é capaz de fazer com os mais fracos. Você mesmo viu, Heitor. Ela está tentando seguir em frente. Vai casar logo, e está feliz com a gravidez. Não há lugar para você na vida dela, pelo menos não como pensa.*
— *Por que eu? Por que só agora?*
— *Vou ser sincero com você, Heitor. O Cosmo Insondável é regido pela lei do equilíbrio entre a luz e as trevas, a renovação e a preservação. Quando os seres das Trevas Exteriores romperam*

*a proteção entre as dimensões, esse equilíbrio foi rompido. Mas Yakruãn e meu mestre desejavam a mesma coisa, só que por meios diferentes. Ela permitiu que ele agisse de forma um pouco mais ativa no funcionamento das coisas.*

— *Você sempre fala isso.*

— *Porque é verdade. Meu mestre viu algo em você que ignoro, por isso estamos aqui. Cumprir nossa missão também é cuidar de Nadja, e não só dela, mas cuidar de todo mundo.*

Não conversamos mais naquele dia. Fui dormir cedo, com ratos me fazendo companhia. Próximo dali, gemidos e suspiros de várias pessoas.

# XVIII

O Palácio do Governo era um dos lugares mais bem guardados do Amazonas. Construção ampla de estilo neoclássico. Naquela noite, lotado. Jornalistas eram revistados com rigor e a entrada controlada por mais de um filtro de averiguação. Seria difícil para um homem entrar lá, principalmente se estivesse sozinho.

Mas eu não era um homem. Não mais.

Os seguranças não notaram quando um gavião pousou sobre o domo do palácio. Não notaram também quando esse gavião se transformou em uma mariposa, e entrou pelo sistema de ventilação. Um soldado que monitorava o sistema de segurança não conseguiu gritar quando uma monstruosidade negra com chifres de cervo esmagou seu pescoço. Pelas centenas de monitores podia ver o salão da festa: uma ampla mesa em formato de U com homens de blazer e mulheres em vestidos de seda importada. No fundo do salão, numa mesa suntuosa colocada sobre o palco e ornada com o brasão do regime: via-se o governador, o prefeito, ministros e alguns generais. No centro, o Líder Supremo, que falava algo para Gregório Alceu com a mão tapando a boca. O general concordava com tudo de cabeça baixa. No palco lateral, uma banda executava um instrumental genérico.

Entrar desmarcado na área do time adversário era fácil. Agora era driblar o goleiro e fazer o gol, como fez Homero Negreiros no título estadual do Rio Negro contra o Manaus, em 2023. Um garçom aproximou-se do Líder Supremo oferecendo uma taça de champanhe. Ele pegou a taça, tomou um gole, colocou-a sobre a mesa, e continuou conversando com Alceu, valendo-se ainda da mão tapando a boca. O governador e o prefeito tentavam aproximar o ouvido para descobrir o que conversavam. Uma mulher belíssima de seios grandes, sentada à mesa em forma de U, gargalhou ao ouvir as palavras de um homem que reconheci como sendo Gustavo, colega de Nadja. Não me surpreendi ao vê-lo ali. Em volta do banquete, pacificadores caminhavam, destilavam sua energia sinistra pelo recinto. Alguns convidados mostravam incômodo ao percebê-los por perto, mas quando os encapuzados se afastavam, o medo sumia, e os convivas retornavam ao estado de alegria anterior. Soldados observavam os funcionários com atenção, como se cada garçom ou equipe de apoio fosse um terrorista em potencial. Entre alguns generais, o efeito da bebida subiu um pouco. Davam gargalhadas, batiam com força a mão na mesa, e gritavam palavrões. Vi um deles tocar de leve a mão no cotovelo de uma garçonete de pele clara e olhos verdes. Anhangá disse:

— *Pronto?*

— *Vou causar uma pane no sistema elétrico e invadir.*

— *Não. Devemos nos revelar. Deixe que vejam.*

— *Como faremos quando eu surgir no meio do salão?*

— *Ataque aqueles da mesa superior. Os pacificadores vão reagir, mate-os. Então direcione suas forças para o caos instalado na mesa inferior.*

— *Não vão fugir?*

— *Acho que os soldados não deixarão ninguém sair. O foco será na proteção do Líder. Todo o resto é dispensável.*

— *E se não der certo? São muitos soldados, tanto dentro quanto fora.*

— Já atravessamos o Rubicão, Heitor. *Os eventos que iniciamos estão além de nós e além deles.*

Saí da sala, e corri pelos vãos do palácio esmagando as cabeças de cada um dos soldados que encontrava. Os relatos que escutei dos sobreviventes e em vídeos na internet mencionavam que se ouvia gritos e tiros vindos do salão, criando pânico entre as pessoas que tentaram sair. Mas os soldados não permitiram. Uma corrente de pacificadores se formou em volta do Líder, que se preparava para deixar o jantar. Por intermédio de uma janela, fui para fora, escalei as paredes, subi pelo teto, destruí o drone de vigilância que guardava aquele quadrante, e entrei de novo no palácio, desta vez quebrando o vidro do domo e aterrissando bem no meio do salão.

Lembro-me dos gritos e olhares de terror. Relatos posteriores mencionaram uma coisa inumana feita de sombras, chifres e fogo. Alguns disseram que eu tinha mais de dois metros de altura, outros, que eu ultrapassava três metros. Falaram que eu tinha o símbolo do Martelo Negro na testa, outros mencionaram o 666. Muitos disseram que não havia símbolo nenhum, apenas dois olhos verdes brilhantes e sinistros.

Susto, medo, pânico. Vi horror no rosto de Alceu, do Líder e dos outros quando me viram. Tudo isso alimentava-me, e deixava-me mais forte, mais confiante.

— Atirem nesse filho da puta! — gritou o chefe de segurança.

Balas voaram por todo o salão, esburacando paredes, destruindo lâmpadas, fazendo cair o lustre. Pessoas tentavam fugir, mas eram atingidas pelas balas perdidas. Estilhaços de vidro pegaram uma senhora bem na jugular, e ela não viveu para ver o fim da invasão. Eu corria, pulava pelo ar desviando-me das balas, arrancando cabeças e atravessando os corpos dos soldados com as mãos. Dez pacificadores pularam sobre mim, encheram-me de socos. Eram chatos como carrapatos que não se deixavam desgrudar com facilidade.

— *Vamos usar a lança, Heitor.*

— *Lança?*

Uma lança flamejante materializou-se na minha mão. Enfiei no peito de um pacificador, e o parti ao meio. Dei um golpe que fez todos os outros voarem. Bateram com tanta força na parede que rachou.

Um soldado apontou uma metralhadora calibre .50, e começou a atirar sobre mim; os tiros mataram dois cabos que estavam no meio. Joguei a lança, e ela acertou a cabeça do cara. A lança sumiu, e materializou de volta na minha mão.

— Caralho! — eu disse.

Os líderes da mesa superior preparavam-se para sair amparados por dez pacificadores. Um tiro de escopeta me acertou na parte de trás da cabeça. Senti tontura. Filho da puta! Olhei para trás, um soldado raso com a punheteira apontando para mim, estava tremendo, como se eu fosse o bicho-papão. E eu era. Dei um soco no peito, que o fez voar e cair em cima de uma cadeira.

O grupo de figurões saía por uma porta lateral. Quem eu acertaria? Alceu ou o Líder Supremo? Joguei a lança de Anhangá bem no meio do grupo. O que acertasse, lucro.

— *Mentalize a lança se dividindo em dezenas de lâminas.*

— *O que vai acontecer?*

— *Você vai ver.*

A lança dividiu-se em várias pontas que caíram sobre o grupo que tentava evadir.

Matou vários generais e boa parte dos pacificadores. Quando me aproximei, não vi sinal de Gregório nem do

Grande Líder. O governador gemia deitado no chão com as tripas saindo pela barriga. Quanto ao prefeito, era um cadáver que jazia de costas. Pacificadores feridos arrastavam-se para me pegar. Era deprimente ver esses bonecos que um dia foram homens: carne de abate, incapazes de decidir, apenas obedecer.

Havia uma trilha de sangue, muito sangue, que seguia pelo corredor.

— Demônio! — disse o governador entre gemidos.

Aproximei-me dele, abaixei, e tomei-o pelo pescoço.

— Vocês é que são demônios! — Então mostrei-lhe a face daquilo que habitava em mim. Ele gritou, desesperado. Gritou tanto que a voz ficou rouca antes que as cordas vocais rasgassem. Deixei-o lá. Ele seria assombrado no Mundo Subterrâneo para sempre por essa visão.

— *Heitor, você precisa prosseguir, ainda não terminamos por hoje. Nosso tempo é limitado.*

Passei pelos corredores, deparei-me com o pátio externo, na entrada do Palácio. Um helicóptero sumia no horizonte atrás de nuvens escarlates de chuva. Mais uma tempestade cairia.

— *Anhangá, eu os perdi. Eu os perdi.*

— *Não é com Alceu e o Líder Supremo que você tem de se preocupar agora.*

E, de fato, não era. Não atentei para o cenário que se abrira perante mim. aprendi a lutar contra androides, pacificadores e soldados. Mas aquilo era novo, terrivelmente novo. Agora sabia, da pior forma possível, o que eles planejavam ao importar novas tecnologias: o medo de perder tudo os faziam perder a razão, transformavam-se em satanases.

Eram os monstros que se mexiam dentro dos contêineres.

Porque era isso o que estava diante de mim: monstros. Aberrações de aço do tamanho de elefantes e de formas que lembravam feras extintas. Tinham quatro braços, sendo que dois deles eram canhões móveis. As cabeças eram pontudas e os rostos, indivisos, indistinguíveis, como se alertassem que a humanidade ali não exisitia.

Pingos grossos de água começaram a cair. Eram poucos, a princípio. Mas logo depois ficaram mais intensos. Clarões hediondos tingiam o céu. Cursos de água formavam-se nas sarjetas das ruas. O vento derrubou uma castanheira, e fez os fios de um poste pipocarem de luz verde e azul. Uma daquelas coisas avançou sobre mim, e acertou-me com um golpe. Voei como uma pena na brisa, atravessei dois prédios, caí em cima de um caminhão de carga. Pessoas corriam com medo, outras aproximavam-se para filmar com o celular.

— Saiam daqui! — gritei.

As pessoas me ignoraram. Uma bala atravessou-as ao meio, e acertou meu peito. Senti o impacto levar-me para dentro de uma loja de calçados. Quando saí de dentro do comércio, o pequeno destacamento de robôs de guerra chegou voando, e pousou pesadamente sobre o asfalto, deixando marcas de pegadas que lembravam patas de elefantes.

Pulei sobre um deles, mas outro me acertou por trás, segurou-me pela cabeça, e enfiou-me no chão. Centenas de socos por segundo foram desferidos sobre minhas costas. Eu afundava aos poucos em uma cratera no meio da rua. Uma mão de aço pegou-me pelas pernas, soergueu-me, e arremessou-me contra um carro-baú estacionado na esquina. Os golpes e as colisões deixaram-me tonto. Sentia dificuldade de formular uma estratégia. Quando abri meus olhos, o mundo em volta tremia. Formas gigantescas aproximaram-se de mim. Canos de metralhadora engatilhados. Só tinha meio segundo para reagir, mas foi o que eu precisava para enfiar minha lança na cabeça de um deles. Pulei sobre outro monstro, e cortei dois braços com a lança. Um outro assomou sobre mim, o tiro que ele disparou passou perto da minha cabeça. Enfiei a lança no ombro da coisa, e fui cortando de cima a baixo, até dividi-lo em dois. As bandas caíram em lados opostos. Um mendigo, que via tudo com atenção embaixo de uma marquise, soltava gargalhadas de prazer.

Os prédios que atravessei ao me arremessarem tremeram. Um barulho de trovão, que não vinha das nuvens, ribombou como se fosse centenas de tanques atirando. Então vi as construções cedendo aos poucos e depois mais rápido. Pareciam dois gigantes caindo mortos sob as nuvens vermelhas. A poeira cinza envolveu tudo. Só consegui divisar as luzes que brilhavam dos ombros dos monstros. Pessoas corriam sem saber para onde, choravam, gritavam. Pediam a Deus alguma ajuda. Dei alguns saltos até uma parte não atingida pelo desabamento. Helicópteros assomaram no céu, mostrando, em seu interior, soldados armados com fuzis.

— Heitor, caminhões com soldados se aproximam.
— Ainda não terminei.
— Se ficarmos aqui, teremos de lutar até o amanhecer.

Sombras surgiram sobre mim. Quando me virei, aparei com as mãos um golpe de um monstro de aço. Pulei sobre ele, e cravei a lança na cabeça da coisa, abrindo um buraco. Com as mãos na abertura, retirei a capa de aço, e preparei-me para destruir os componentes.

Mas detive-me.

Algo me encheu de terror.

Era uma criança. A cabeça de uma criança. Chorava, gritava, e berrava, acoplada dentro daquela jaula de aço.

Por isso eles sequestravam crianças indígenas.

Não tive coragem de matá-la, apenas arranquei os braços e as pernas. Caí de joelhos, comecei a chorar com as mãos no rosto.

A chuva arrefeceu. O aguaceiro deu lugar a alguns pingos gelados que golpeavam o asfalto, as árvores, o aço retorcido e os corpos no chão, cujos olhos refletiam intenso sofrimento.

Vários caminhões chegaram com androides desembarcando, fazendo um círculo à minha volta. O general que comandava a operação aproximou-se com um alto-falante:

— Renda-se, homem!

— Nós não somos um homem, somos escuridão, somos Anhangá!

Levantei-me, e joguei a lança entre os olhos do general. Arremessei-me contra os androides. Esmaguei cabeças, arranquei componentes, e extraí membros. Joguei um caminhão contra o helicóptero que atirava em mim. A aeronave rodopiou, e caiu sobre um estacionamento, explodindo.

Caminhões chegavam com mais e mais os androides. Pareciam cupins saindo do ninho.

— *Heitor, precisamos ir.*

Olhei para cima. O céu clareava, as nuvens carregadas desvaneciam. Dei vários saltos sobre o terraço dos prédios. Lá embaixo, poeira, destroços e morte.

Morte em todo o lugar.

Talvez isso fosse a essência do mundo.

# XIX

Retirei-me para a densa e profunda floresta. Chorava, gritava. Os olhos daquela criança me assombravam à noite. Assombravam-me durante o dia também. Vomitei. Sentia vertigem na nuca. Medo de dormir e ver aquele monstro me pegar.

Fiquei por semanas isolado. Vagava como uma alma penada com os animais observando-me, desconfiados. Um bando de macacos guaribas deparou-se comigo à beira de um igarapé, vieram beber água. Olharam-me por alguns minutos, depois saíram correndo com medo e chorando.

Quando vi minha imagem refletida na água, entendi por que até os animais desconfiavam de mim. Algo maléfico brilhava em meus olhos, que nem mesmo eu tinha coragem de observar. Sentia-me contaminado pelo que vi. De alguma forma, aquilo me acertou, e arrancou algo que jamais poderei recuperar. Tentei me matar várias vezes, sem sucesso. Pensei em Nadja, nos meus pais, no meu irmão, em Caripuna e Túlio. Agradeci à deusa por eles não terem visto o que vi.

— *Me deixe morrer, Anhangá. Isso é demais. Me deixe ver o mundo dos mortos.*

— *Não posso matar aquilo que já morreu.*

— *Então me deixe ir!*

— *Precisamos terminar o que nos foi confiado.*

— *Está além das minhas forças.*

— *O que nos foi confiado precisa ser cumprido.*

— *Não posso! Não consigo mais... Por que tanta crueldade? Por que tanta brutalidade?*

— *Você precisa descansar. Vou te dar o repouso necessário.*

Recolhi-me por semanas. Meses. Recluso em uma caverna perto da nascente do Grande Rio, por entre a neve e as montanhas tingidas de gelo. Em meu exílio, recebi a visita dos espíritos ancestrais que vinham em forma de águias, corujas, esquilos ou cervos. Foi deles que recebi alento. Minhas energias voltavam aos poucos. Já não chorava tanto, embora as lágrimas me perseguissem em momentos de inefável tristeza. O conforto aliviou a dor, mas não aplacou o vazio. Agora sabia lidar com ele. Foi a lembrança das palavras de Anhangá que me convenceu ao final: cuidar do mundo também era cuidar de Nadja, do seu filho, dos meus amigos e de quem não tem alternativa, a não ser a piedade dos deuses.

— Já estou pronto — disse durante o entardecer de nuvens carregadas, tingidas de laranja e cinza, navegando em direção ao leste, como um espírito condenado.

Diante de mim, erguiam-se as montanhas pontudas dos Andes, a espinha dorsal do mundo. A neve derretia, formando pequenos riachos sob o céu agitado de nuvens tempestuosas. E o rio Carhuasanta, desenhando sua forma por entre as quedas rochosas, serpenteava as colinas e a névoa para ganhar força, cada vez mais força, amparado por árvores milenares, para se transformar no rio Amazonas: o berço de deuses, heróis, demônios, espíritos, Abya Yala... E de tudo o que existe.

# O Verde, o Cinza e o Negro

*A Amazônia plasmará seu próprio modelo de civilização*
Leandro Tocantins

# I

A reunião foi cansativa. Yakecan Baniwa ficou, por alguns momentos, sentado sobre a poltrona, enquanto os assessores deixavam a sala. Massageava a testa com os dedos. Decidiu pela entrega do cargo.

Era final da tarde, o sol descia lépido por trás das nuvens de chuva, jogando uma luz laranja sobre a floresta verde que se misturava aos prédios e aos veículos voadores. Uma arara-azul passou pela janela do escritório do mestre das Relações Internacionais, cargo que Baniwa ocupava há oito anos.

Sentia-se cansado e doente. Lembrou da filha, uma adolescente que não desejava estudar, e do casamento, em seu ocaso após quinze anos de brigas e reconciliações. O trabalho aumentou a distância entre ele e a família. Os problemas de saúde multiplicavam-se: ansiedade, insônia, pesadelos, hipertensão e, com tais problemas, o gasto com remédios. Àquela altura da vida, arrependeu-se de ter aceitado o convite para integrar o Gabinete. Foi convidado pelo seu amigo de infância, Abaeté Tukano, Tuxaua da coalizão que, à época, liderava o gabinete governamental há quatro anos.

— Haverá compensações — disse o amigo enquanto tentava convencê-lo. — Preciso de gente de confiança ao meu lado, faça isso pela nossa amizade.

Naqueles tempos, o governo enfrentava uma grave crise. Alguns integrantes, incluindo o antigo mestre das Relações Internacionais, foram acusados de exportar madeira ilegal para o Brasil. Partidos ameaçavam deixar o governo, e a oposição, liderada pelos Sateré-Mawé, articulava-se para anunciar um voto de desconfiança.

— Tudo bem. Aceito — respondeu Baniwa, sem saber direito como encararia uma incumbência tão cabeluda.

De fato, houve compensações. Ganhou o respeito e admiração de muitos, autoridade e poder sobre um dos gabinetes mais poderosos do país. Angariou também a desconfiança da oposição e o ressentimento daqueles que se achavam mais capazes e com melhores conexões para o cargo. Tanta coisa aconteceu nesses anos liderando a pasta: firmou parcerias para desenvolvimento de remédios, resolveu a questão dos Andes com o Império do Peru, reaproximou o país à vizinha Confederação de Pernambuco, estabeleceu convênios com a União Europeia e com a África do Sul, e, o mais importante, a velha disputa com o Brasil pelo norte do Mato Grosso e a Bacia do Rio Araguaia, a cada ano mais decadente, parecia finalizada. Cumpriu sua parte, ajudou a salvar o amigo da renúncia. Dera uma sobrevida ao gabinete. Era hora de viver para se dedicar a salvar o que faltava no casamento, ser mais presente na vida da filha e voltar a lecionar.

Levava a carta de renúncia no bolso. Era um texto simples. Três parágrafos listando alguns feitos da sua gestão, agradecimentos e desejos de boa sorte ao governo e ao seu possível substituto. Planejava aparecer de surpresa no gabinete do Tuxaua. Cumprimentaria assessores e políticos que ali estivessem, e esperaria o momento para conversar em particular. Conhecia bem Abaeté Tukano, pediria para aguentar mais alguns meses ou ficar mais um ano. Falaria que não dava para sair naquele momento em que tudo estava sob controle e as pesquisas anunciavam nova vitória da coalizão. Todavia, Yakekan Baniwa seria firme:

— Não posso mais, prejudicaria o senhor se continuasse — seria a justificativa final, inegável, irrefutável.

Passou andando pela Praça dos Povos. Repleta de turistas, como sempre. Pessoas passeavam tirando fotos das araras e dos gaviões que planavam baixo e pousavam nas árvores milenares que margeavam os igarapés artificiais. Turistas faziam poses para fotografias sob as estátuas dos deuses ancestrais ou conversavam com hologramas em postos de informação. Lembrou do dia em que viu aquilo pela primeira vez, ainda menino, acompanhado dos pais em um passeio de sábado à tarde. Todo esse espaço aberto de árvores, monumentos, jardins e fontes de água com peixes. O complexo de construções imponentes: o centro de poder da República Confederada dos Povos da Amazônia. No centro, o brasão nacional, o gigantesco gavião-real de duas cabeças, uma cabeça apontada para o leste simbolizando a Amazônia oriental, e outra cabeça apontada para o oeste, simbolizando a parte mais ocidental do país. Ainda hoje, deixava-se admirar pela grandiosidade da paisagem e, em especial, pela estátua de bronze de quase cinquenta metros que ocupava a outra parte mais extrema da praça. Era Ajuricaba, o pai da nação, segurando uma lança em uma das mãos e a cabeça de um inimigo derrotado em outra. Anunciava, em tom ameaçador, que ninguém seria capaz de invadir aquele mundo feito de verde e água.

E quantos não tentaram invadir aquele lugar desde as invasões europeias? E quantos não sucumbiram? Quando os portugueses estavam prestes a fincar raízes duradouras na região, foi preciso que Ajuricaba formasse uma confederação de povos no rio Negro, ainda no século XVII, e destruísse por completo as fortificações portuguesas. Aquilo era um roteiro que todos sabiam desde a escola; eleito o primeiro tuxaua supremo, a jovem nação foi hábil em combinar tecnologia ocidental e tecnologia tradicional nas áreas civis e militares. No plano externo, uma hábil política de neutralidade combinada com defesa a todo custo das fronteiras. Eis o resultado: um país que saiu ileso e sempre mais forte diante de todos os conflitos internacionais. Não por acaso, era uma das potências do hemisfério sul.

— Aquele não é o mestre da Política Internacional?
— A fala de um estudante tirou Yakecan das suas reflexões. Detestava fotos, e não gostava de ser tratado como celebridade. Baixou a cabeça e apressou os passos.

A escrita em tupi na entrada do palácio central anunciava que ali era onde o Tuxaua despachava. A recepcionista, uma morena de olhos expressivos, cumprimentou-o com um sorriso, ao que ele respondeu com um aceno de mãos. Tentava disfarçar a todo custo o constrangimento de ter saído com a recepcionista do seu chefe. O que estava pensando? Por pouco ninguém soube.

Apenas Abaeté Tukano, que caiu na gargalhada, fez piada:
— Homem é assim, sobe no paralelo e desce no oficial.

Enquanto andava pelos corredores, cumprimentava de forma mecânica todos que vinham falar com ele, pessoas das quais não lembrava dos rostos ou dos nomes. Não se iludia com tais amabilidades, sabia que enquanto fosse o mestre da Política Internacional receberia tapas nas costas. O destino muda com a mesma rapidez com que mudam os grãos de barro e areia que caem nas águas do Amazonas. Nunca se deixou seduzir pelo conforto ou pelo respeito emanado por quem detém o poder. Homens vêm e vão, sobem e caem. O poder é imprevisível. Nunca se contenta em ser de um só.

Entrou na antessala de Tuxaua quando foi abordado por um funcionário:

— Senhor Baniwa, ele já estava esperando pelo senhor — disse-lhe o assessor especial, Porã Karipuna, quando o viu.

Era um homem de pouco mais de trinta anos, mas cujos óculos fundos e a calvície precoce envelheciam-no pelo menos uns dez.

— Ele já está me esperando? — disse com surpresa na voz.

— Foi muito bom ter vindo com agilidade.

Yakecan olhou o pager de pulso, e viu uma mensagem de Tukano: "Preciso falar com você. Algo importante aconteceu".

Ambos entraram na sala onde o líder do gabinete aguardava. Ali estavam também o chefe do Conselho dos Sábios, Avaré Tapajós e Samir Tupinambá, um dos homens fortes do governo na Assembleia. Estavam calados e com semblante grave.

— Honorável mestre, sente-se — disse Tukano. — Vamos começar.

Baniwa assentiu com a cabeça e acomodou-se em uma poltrona à esquerda do grande líder.

— Muito bem, senhores — começou o Tuxaua Abaeté Tukano. — Recebi relatórios a respeito de atividades brasileiras na nossa fronteira. Nos últimos meses, recebemos levas cada vez maiores de grileiros, madeireiros e outros tipos de bandidos que vêm para cá desde a invasão europeia. Eles invadem as calhas do Aripuanã e do Tapajós. O ministro Baniwa fez contatos com o governo brasileiro, ao que eles responderam que não sabiam da existência dessas levas. — Foi interrompido por uma crise de tosse. Tomou um gole de água, respirou fundo, e continuou: — Aumentamos a vigilância na fronteira, e prendemos todos os invasores. Apesar dos interrogatórios, nada falaram de muito importante sobre quem os enviou ou financiou suas vindas para cá.

— Como não fiquei sabendo disso, senhor? — disse o chefe do Conselho dos Sábios.

— Quanto maior o sigilo, melhor. Achávamos que tais levas diminuiriam com o tempo e com as apreensões. Mas não foi o que aconteceu até agora — pegou uma xícara de café, e deu um pequeno gole. Quando terminou de falar, colocou a mão no estômago, e franziu a testa em sinal de incômodo.

Yakecan Baniwa não deixou de notar isso no chefe e amigo.

Nesse momento, Samir Tupinambá deu um longo suspiro, Avaré Tapajós precipitou-se para frente, e Baniwa franziu a testa.

— Hoje recebi um relatório apontando que um exército de cinco mil homens subiu o Ji-Paraná e alcançou Humaitá. No caminho, eles atacaram cidadelas, povoados, e destruíram áreas sagradas da floresta. Tivemos que mobilizar nossas forças. Por sorte, eram uma milícia mal treinada e armada. Quase todos os inimigos morreram. As únicas baixas foram de civis quando os invasores estavam avançando.

— Isso é um ultraje! Uma ofensa! Guerra, vamos à guerra! — falou Samir Tupinambá, gesticulando as mãos com nervosismo. — O embaixador brasileiro... Ele ainda está aí?

— Ele assegurou-me que nada sabe. Contatei nossa embaixada em Brasília, mas eles não têm qualquer informação sobre o acontecido.

— E o presidente brasileiro?

— Ele pediu uma reunião bilateral. — O Tuxaua pegou uma caneta sobre a mesa, e ficou a desenhar linhas aleatórias sobre uma folha de papel. Pela ampla janela do gabinete, via-se o sol se esconder por entre as árvores, banhando-as com uma tonalidade laranja. Alguns veículos voadores zarpando para viagens de curto alcance. Além do horizonte, a vista dava um panorama da capital: prédios, casas e ruas que se misturavam de forma tão harmônica com a floresta, igarapés e com os animais acostumados com a presença humana. Pareciam uma coisa só. Era o mundo humano plasmado ao mundo natural.

— Claro que o senhor não irá — disse Avaré Tapajós, que até aquele momento ouvira tudo em silêncio. — Ir seria uma demonstração de fraqueza.

— Exatamente — concluiu Samir Tupinambá. — Esse bostinha que deveria vir aqui de joelhos implorar para não sofrer uma retaliação.

Tukano ficou alguns segundos em silêncio. Depois continuou:

— Vou reforçar as tropas na fronteira. O trânsito de brasileiros será limitado. Libere os *Caçadores*.

— Isso já chegou à imprensa? — perguntou Avaré Tapajós.

— Com certeza, não vai passar de hoje.

— Eles vão cobrar uma resposta enérgica do governo. Os Sateré-Mawé podem vir com chumbo grosso.

— A oposição só pensa em ganhar as coisas no tapetão! — falou mais uma vez Tupinambá, que continuava nervoso. — Senhor, pessoas morreram, e território sagrado foi violado. Vamos retribuir o que eles fizeram com a gente.

— Só vou pensar em uma ação mais dura após esgotarem todas as alternativas. Não quero ser acusado de começar uma guerra. Preciso de opções.

— Como disse, não é bom o senhor ir. Então, o Yakecan pode ir com uma comitiva diplomática — propôs Samir Tupinambá. — O mestre das Relações Internacionais reúne-se com autoridades brasileiras, cobra reparações materiais e um pedido de desculpas.

Todos olharam para Yakecan, que até aquele momento observava tudo com olhos graves. Tukano falou:

— Ministro, vou precisar de você em mais essa demanda.

O que o senhor acha? Yakecan Baniwa tocou com a mão o bolso que guardava a carta. Poderia deixar isso para o próximo mestre do ministério. Abriu a boca para falar algo, mas desistiu. Respirou fundo, colocou o tronco ereto sobre a poltrona. Todos olhavam para ele com curiosidade. Esperavam uma resposta do professor de política internacional que se tornou há oito anos, mestre da diplomacia amazônida. *Droga! Como era difícil viver e tomar decisões para ser feliz.* Uma brisa entrou pela janela, e balançou um documento que estava sobre a mesa do Tuxaua: o homem mais poderoso do hemisfério sul. Esposa e filha o esperariam mais um pouco? Não refletiu por muito tempo sobre isso antes de responder de forma automática:

— Sim, senhor. Posso tomar a frente dessa delicada questão.

# II

Duas semanas depois daquela reunião, a tensão entre as duas nações aumentou a níveis quase bélicos. A imprensa amazônida criticou a suposta lentidão do governo em tomar uma atitude. Manifestações ocorreram em todo o país, muitos analistas já anunciavam que aquela crise enterraria a gestão de Abaeté Tukano. Era uma gestão cercada de polêmicas desde o início. Apesar de ter sido responsável por tornar o nível de qualidade de vida um dos maiores do mundo, sofreu com as denúncias de venda de madeira ilegal que até hoje nunca foram provadas, e com uma política externa que muitos chamaram de bismarkiana, ao anexar a bacia Araguaia/Tocantins à Amazônia.

A oposição, diante do novo impasse com o vizinho do sul, preparava-se para uma moção de desconfiança, e procurava seduzir os independentes. Já circulavam textos na imprensa perguntando se o chefe ancião demitiria todo o gabinete. Os povos do Purus ameaçavam abandonar o Tuxaua. O governo brasileiro acusava a Amazônia de conspiração, e falava em levar a questão à OEA. Afirmava que os brasileiros presos na invasão estavam recebendo tratamento sub-humano. O governo amazônida, por sua vez, dizia que Brasília cometera violação territorial. No Brasil, os amazônidas eram chamados de índios presunçosos e estúpidos. Na Amazônia, os brasileiros eram tachados de miseráveis, incapazes e decadentes. De ambos os lados, uma coisa em comum: o preconceito contra migrantes dos dois países ganhou, novamente, novo fôlego.

No plano externo, o Império do Peru e a República da Bolívia posicionaram-se a favor da República Confederada dos Povos da Amazônia. Pernambuco manteve a neutralidade. Argentina, Uruguai e Paraguai ficaram do lado brasileiro. Já se falava em reunião bilateral arbitrada pelo papa para apaziguar a tensão. Ambos os países dispensaram mediação externa. Sabia-se que, em caso de guerra, a superioridade militar amazônida era inegável, mas o Brasil tinha o triplo de população, e o presidente brasileiro, notório demagogo, procurava todos os meios possíveis para desviar a atenção das realizações ínfimas do seu governo: as acusações de corrupção e as fortes evidências de envolvimento com paramilitares, que faziam o papel de Estado paralelo em bairros de classe média e baixa em grandes cidades brasileiras.

Yakecan Baniwa ponderava sobre essas informações no avião, enquanto observava pela janela nuvens de chuva que se formavam naquele dia nublado. Viajava com uma comitiva: três diplomatas de carreira, alguns assessores de confiança e o chefe do Conselho dos Sábios. A expectativa era das melhores. Uma rodada de reuniões, pedidos de desculpas, busca por superar desentendimentos, liberação dos presos brasileiros e comprometimento do Brasil em ajudar na restauração das áreas degradadas. Sabia como se daria cada etapa. O problema era o quão cansativo seria: pressão de todos os lados, recuos estratégicos, tentativas de mudar a pauta das reuniões e, acima de tudo, pressão para a entrada do agronegócio brasileiro no mercado nacional, algo tentado pelos sulistas, e negado por sucessivas administrações.

A paisagem abaixo do avião mudou. Amplas florestas, rios e cidades sustentáveis de arquitetura adaptada ao meio ambiente deram lugar a campos devastados, ruínas, poluição e plantações infinitas de soja e cana. O verde cedeu lugar ao cinza e negro. O avião entrou em território brasileiro. Já havia visitado o país algumas vezes, mas nunca gostou, principalmente de Brasília, aquele local descampado onde o homem muitas vezes se sentia perdido sob o sol escaldante. Fechou a janela.

Encostou a cabeça na poltrona, e fechou os olhos.

# III

Já era noite quando o avião chegou a Brasília. Três carros da embaixada esperavam pela comitiva. No aeroporto, viu alguns jornalistas cobrindo a chegada. Cerca de trinta pessoas protestavam contra a comitiva, com cartazes e gritos. Baniwa sabia falar português com alguma fluência, entendeu que as pessoas criticavam uma possível estratégia globalista da Amazônia sobre o Brasil ou qualquer tentativa de derrubar o presidente, um enviado de Deus para salvar o país da contracultura.

A ida até o hotel foi tranquila, apesar dos manifestantes. Provavelmente eram pagos para fazer alguma pressão. Procurou não pensar tanto neles, não valia a pena gastar energia com coisas tão pequenas quando se tinha uma missão que podia interferir, para o bem ou mal, a vida de tanta gente. Após jantar frango grelhado e um copo de uísque, deitou-se na cama, e ficou observando o teto. O relógio fazia tic-tac. Não era tarde, mas não queria fazer qualquer coisa naquele momento. Mais uma vez sentiu uma mistura de cansaço com desânimo. Não era para ele estar ali. Por que não pediu demissão? Não estaria com um abacaxi do tamanho de um prédio para resolver.

Olhou o celular. Mandou uma mensagem para a esposa e para a filha avisando que passava bem. A reunião estava agendada para as 8h, não seria problema dormir cedo. Ouviu um barulho de sirene vindo da rua. Levantou-se, foi até a pasta de trabalho, e pegou um livro. Folheou algumas páginas sem ter concentração para ler. Ainda era cedo quando recebeu uma mensagem no celular. Era Avaré Tapajós convidando para sair e tomar uma cerveja.

# IV

Não foram muito longe. Um bar a duas quadras dali serviu como palco para algumas poucas cervejas. O recinto não estava lotado. Grupos de pessoas sentadas entre uma mesa e outra conversavam. Sentaram na área interna, próximo de três soldados da divisão de elite do exército, à paisana, que faziam a segurança.

— Não estou com um bom pressentimento a respeito desta reunião — disse Avaré Tapajós antes de tomar um gole.

— Vai ser mais como dezenas que já ocorreram. Vamos terminar isso o mais rápido possível.

— Eu sei por que você quer voltar logo.

— Não acredito.

— Tenho olhos e ouvidos em todo lugar. Já sei que você quer voltar à universidade.

Ficaram em silêncio por alguns segundos. Yekacan fez uma pergunta para puxar assunto:

— Por que você não está com um bom pressentimento?

— Eu sei de movimentações em Brasília. O que eles estão fazendo não é bom. A ligação com paramilitares é verdade, não gosto de negociar com marginais.

— O Tuxaua sabe?

— Enviei tudo que sabia para ele. Mas acho que quer evitar o desgaste de uma guerra. O governo já não é tão forte quanto antes, Yekacan, e somos minoritários na Assembleia. Dar um passo em falso em mais essa crise seria sucumbir. Tuxaua também não está bem de saúde, não teria forças para vir aqui.

Yakecan lembrou-se do incômodo que o amigo sentiu na reunião.

— O tumor voltou. Ele quer manter sigilo. Não te falei isso. — Tomou um gole de cerveja.

— Mas por que ele não me falou?

— Quanto menos pessoas souberem, melhor. Se o tumor não recuar, ele vai renunciar ao gabinete.

— E outras eleições serão feitas.

— Talvez. Tudo vai depender da deliberação do chefe ancião.

Ficaram calados quando o garçom trouxe o tira-gosto. Uma mulher loira, que estava em uma mesa com outras duas amigas, deu uma gargalhada que ressoou por todo o bar.

— Então, estamos no fim de um ciclo — disse Yekacan enquanto admirava a beleza da mulher.

— Muito mais que isso. É o fim de uma *Era*, os deuses haviam anunciado isso há anos, antes de você entrar. Foi o velho xamã que previu pouco antes de morrer. Ele leu através do sussurro das colinas e das folhas secas da Árvore Mãe que uma nova crise estaria por vir. Mas Abaeté achou que contornaria isso.

— Ele ignorou o conselho do xamã supremo?

— Não diria que ignorou. Na época, disse que tinha meios para impedir. O chefe ancião concordou, e deu carta branca para Tuxaua seguir com sua proposta. — Esvaziou o copo e pediu mais uma garrafa para o garçom. — Acho que Brasília sabe de algo. — Deu uma pausa para mastigar uma batata frita. — Por que mexeriam com as nossas fronteiras logo agora?

Ainda conversaram sobre mulheres, carreira, intrigas e projetos. Tapajós pensava em se candidatar ao governo de sua província do rio Madeira, e Baniwa vislumbrava transformar sua experiência à frente da chancelaria em livro. Tomaram mais algumas cervejas, contaram piadas, paqueraram sem sucesso as mulheres da mesa ao lado, e decidiram se retirar 23h.

# V

06h30, toda a comitiva encontrou-se no restaurante do hotel. Eram dez pessoas contando com os seguranças. Entraram nos carros da embaixada, e rumaram pelas ruas esturricadas de Brasília. Pararam em um cruzamento. O trânsito não avançava. Um caminhão tombou logo à frente. Muitos motoristas buzinavam. Baniwa, que estava no carro do meio entre os três da comitiva, olhou impaciente para o relógio. Não gostava de se atrasar. Tapajós, que estava ao seu lado no banco de trás, disse:

— Eles deveriam ter bloqueado o trânsito para a nossa passagem, isso não está certo.

Yakecan Baniwa concordou. Realmente, algo estava errado. O mesmo pressentimento ruim que Avaré Tapajós teve na noite anterior também tomou conta de Baniwa. Olhou para trás, e viu três motociclistas vindo rápido na direção do carro.

— Algo sinistro vem... — Não conseguiu terminar a frase. Os motoqueiros jogaram algo por debaixo dos automóveis. Os seguranças gritaram para todos saírem, mas foi em vão. Três explosões. Estilhaços, pedaços de vidro e membros queimados voaram por todo o lado.

Yakecan Baniwa, que pulou do carro no momento do atentado, foi arremessado até a vitrine de uma padaria, onde caiu sobre mesas e cadeiras. Ficou ali, em estado de semiconsciência, ouvindo passos e gritos ao seu redor.

Muitos eram os feridos. O homem que estava no carro atrás da comitiva teve o pescoço atravessado por um pedaço de fuselagem. Uma criança, que andava na calçada na hora, teve as pernas atingidas por uma chapa de aço. Uma mulher chorava pelo seu bebê, cujo corpo repousava dentro do carrinho empapado de sangue. Outros gemiam de dor, estirados no chão, e mais alguns cobriram o rosto com as mãos em desespero.

    A bandeira com o símbolo da águia de duas cabeças foi arremessada a alguns metros, e caiu sobre a calçada consumida pelas chamas.

Aos Condenados do Mundo

# I

Após fugir do cativeiro de povos hostis em forma de energia na dimensão SK-1947, a viagem levou-me até um planeta muito gelado e antigo do universo Tannhaus-1888, situado em uma área periférica de uma galáxia irregular. A pista dada pelos nativos de Uycapa´h era correta: a energia escura mantém-se preservada por tempo indeterminado. Era provável que sua origem remontasse a dimensões ainda desconhecidas, de civilizações de nível seis ou sete, capazes de manipular e consumir energias de galáxias inteiras e, quem sabe, até manipular o tempo.

Era a pista que eu deveria seguir.

Fui jogado em meio a uma colina de gelo e neve sob um céu escuro com duas luas azuis flutuando sobre aquele lugar de solidão e tristeza. Vários quilômetros além, uma fortaleza de gelo e aço erguia-se sobre um promontório íngreme. Ali, meus aparelhos apontavam a origem do fenômeno da abnormalidade.

Conforme aproximava-me da fortaleza, levado pelo meu jetpack, percebi que aquele lugar era muito maior do que esperava. Os portões e colunas demonstravam ter, pelo menos, mil metros de altura. Eram talhadas com inscrições e desenhos cujos modos nunca vi na Terra ou em outras civilizações. Pousei sobre as escadarias da fortaleza. Os degraus apresentavam uma invulgar perfeição, sem as falhas do tempo. Atrás de mim, uma tempestade de neve se formou. Nuvens de tonalidade vermelha e cinza ganhavam o horizonte. A temperatura caía com rapidez. Não sabia até quando meu traje suportaria o frio que os medidores registravam: até duzentos e cinquenta graus negativos.

Os portões estavam entreabertos. Não pude ignorar as formas estranhas talhadas em suas superfícies, disformes e com mil olhos, criaturas alongadas cheias de garras e chifres por todo o corpo, coisas de aspecto inominável que pareciam aos meus olhos resultados de experimentos malsucedidos. Entrei pela fresta. Ali percebi um amplo salão, talvez com o tamanho de dez campos de futebol. As paredes, cinzas e azuis, eram talhadas com centenas de imagens de seres distorcidos. O teto elevava-se a perder de vista. No chão liso, destroços, ruínas, ossos de formas inumanas, artefatos que pareciam armas de tecnologia alienígena, lanças quebradas, espadas trincadas e armaduras esfaceladas. Mais à frente, a cabeça de alguma coisa de três olhos dormia estacada em uma lança.

Usei meu scanner para conhecer o perímetro. O mapa de holograma mostrava que não se tratava de uma única fortaleza, mas de um grande complexo de construções, câmaras, corredores, salões e estruturas subterrâneas. Era impossível prever a olho nu a idade exata daquele santuário. Mas o computador, através de sua análise, deu-me uma ponderação que me encheu de surpresa: pelo menos duzentos mil anos de idade. Sem dúvida, em condições normais, estaria diante de uma das grandes descobertas da humanidade. Dei o comando para traçar o caminho até a fonte.

As informações apontavam para um amplo salão abaixo, a cerca de quinhentos metros. Para chegar a ele, precisei cruzar uma grande quantidade de corredores cheios de destroços e corpos congelados de criaturas mortas das mais variadas formas. Desci até umas câmaras que pareciam cemitérios hibernando na escuridão. Percorri salões de imensa extensão que projetavam formas enigmáticas sob a luz azul do céu. Nas paredes, ao serem iluminadas pela minha lanterna, surgiam desenhos de olhos abomináveis e formas tão horríveis que precisei desviar o olhar para aplacar o mal-estar que me causavam. Os entalhes narravam, pelo pouco que examinei, a história daquela civilização: com guerras, revoluções, involuções e, por fim, a destruição final. Atravessei templos que honravam deuses que tinham, para minha surpresa, uma leve semelhança com as criaturas que invadiram o planeta Terra.

    Quanto mais eu caminhava por entre aqueles corredores de sombra e desolação, mais os sinais de matéria escura aumentavam

# II

Os aparelhos de rastreamento levaram-me a um salão subterrâneo ornado com amplas colunas cinzentas e azuis. Ele descia em uma leve depressão até se elevar do outro lado, em um altar. Ali encontrei o que tanto procurava. A leitura no meu computador de braço não deixava dúvidas: a anomalia que criaria a fissura no espaço-tempo.

Era de tom azulado, enorme, flutuando sobre o altar, ornada por pequenos feixes negros de energia. Ela emitia um som grave e baixo, quase imperceptível, ao mesmo tempo em que um fedor de algo podre dominava todo o aposento. Na base do altar, três esculturas grotescas, de aspecto radial e membranosas, estavam prostradas diante da esfera em posição de adoração e submissão. Todo o lugar estava limpo. Não percebi traço de qualquer ser vivo por ali, fosse monstro, animal ou alienígena.

Aproximei-me devagar enquanto sentia meus passos ecoarem pelo salão. Embora tremesse de medo, sabia o que fazer: colocar próximo à esfera um dispositivo que anulasse a instabilidade até que aos poucos se apagasse por completo. Tirei o dispositivo da mochila, acoplei-o em um degrau abaixo da esfera, e comecei a dar as coordenadas. Quando estava quase terminando, ouvi um barulho vindo de um corredor escuro. Era uma mistura de passos com algo se arrastando. Aquilo ecoava nas paredes antigas de tal forma que arrepiava minha espinha. Saquei minha pistola, e fiquei a postos, esperando que o inimigo surgisse. Silêncio. Olhei para todos os lados. Nada vi.

— Você não pode fazer isso. — A voz cortou-me como uma faca atravessando minhas vísceras.

Quando me virei na direção da voz, fui dominado pelo maior terror que um homem jamais sentiu.

# III

Era eu mesmo ali ao lado de uma das pilastras. Mesmo uniforme, sem capacete, os olhos brilhavam em uma luz azul, intensa e fantasmagórica. A criatura se aproximou de mim com passos lentos e firmes. Voltou a dizer:
— Você não pode fazer isso.
Buscava força para me recompor. Não sabia se era uma miragem, um clone ou um metamorfo que buscava me ludibriar. Respondi:
— Quem é você?
— Alguém que busca consertar tudo.
— Essa esfera é uma maldição.
— É um preço a ser pago para restaurar a ordem.
— Que ordem? Que paz? Vocês enlouqueceram?
— Há duzentos mil anos éramos a civilização mais avançada do universo. Nosso império dominava centenas de galáxias. Éramos orgulhosos, cultos e fortes. Impusemos nossa vontade de potência até o limite, e superamos o bem e o mal. Eliminamos os fracos e indesejáveis. Então, um dia, alguns povos ressentidos de uma parte mais setentrional do Império, revoltaram-se contra nós. Várias outras regiões aderiram à causa, foram mais de dois mil anos de guerra civil. E a glória e o poder de antes foram se perdendo. Foi aí que criamos uma arma para destruir nossos inimigos. Infelizmente, isso foi o fim não apenas dos separatistas, mas o fim de nossa própria civilização. Dor, horror e destruição. Agora cabe a mim, escolhido pela Divindade Primordial, que construí essa esfera de energia e antimatéria, usá-la para restaurar toda a

glória do antigo império, e trazer de novo trilhões de vidas perdidas pela loucura dos nossos líderes.

— Você está errado — disse após ouvir tudo em silêncio.

— Vim de outro universo, de outro mundo. Vim de outra época. Você não tem ideia da destruição que isso causará.

— Sou um dos últimos descendentes da minha raça — ele disse. — Jurei servir à causa e reavivar o mundo que agora está morto, custe o que custar.

— Isso será o fim para realidades do passado e do futuro. Universos serão fundidos. Os monstros que isso vai liberar...

— Quem é você? — a criatura me interrompeu. — Apenas um nativo de algum mundo insignificante.

— De onde venho — eu argumentava —, tudo acabou. Vivemos agora embaixo da terra e fugindo das criaturas. Perdi tudo. A minha família...

— Você e o lugar de onde veio nada representam diante dos desígnios dos deuses. — A coisa, se é que eu podia falar assim, precipitou-se na minha direção.

Saquei minha arma, e apontei para ele.

Então, uma escuridão apropriou-se de todo o ambiente. Um barulho gutural e sibilante ecoou, aquela cópia de mim mesmo começou a mudar de forma. A coisa crescia, alongava-se, ganhando tentáculos finos e pontiagudos, e uma cabeça cheia de olhos reluzia uma terrível luz azul.

Na loucura que aquilo me inspirava, disparei várias vezes contra a criatura, que avançou sobre mim, forçando-me a pular para um dos cantos. Precisava acionar o neutralizador que estava ao lado da esfera anômala. A entidade soltou uma substância ácida que acertou parcialmente meu abdômen. Senti uma das piores dores da minha vida. Estava ficando sem munição, mas acertei um dos milhares de olhos da cabeça, o que fez com que a criatura gemesse algo agudo e insuportável. Consegui me desviar de um dos tentáculos, mas fui atingido com brutalidade por um deles. Caí ao lado da esfera. Uma dor excruciante latejou nas minhas costelas. A criatura veio deslizando ameaçadora sobre mim, parecia que daria o golpe de misericórdia. Ao meu lado estava o neutralizador de antimatéria. Antes de me desviar do tentáculo afiado que caía sobre mim, ativei o aparelho.

O monstro soltou um grito de desespero e destruiu o neutralizador. Mas era tarde demais. Um terremoto percorreu todo o templo. Paredes racharam. Aos poucos, o teto desabava. Os deuses e as estátuas talhadas nas pedras definharam diante do tremor. A anomalia começou a se mover sobre si mesma e emitir uma luz intensa e branca. Vi a esfera sob as ruínas desmanchar, soltando raios azuis e neon. Sabia que aquilo era o fim, notei que uma quantidade espantosa de energia estava prestes a ser liberada. Não havia tempo a perder. Ativei a dobra interdimensional e saltei. Provavelmente não apenas o templo, mas o planeta inteiro e todo o sistema estelar daquela parte do universo seria desintegrado.

Tudo isso é um preço a ser pago para restaurar a ordem, lembrei-me.

Ainda olhei para trás, e vi aquele monstro cheio de olhos e garras se desfazer no caos do zênite e do fogo. Blasfemava em um idioma profano, cujas palavras de aspecto irreconhecível ainda permaneciam povoando meus mais sombrios pesadelos.

# IV

Programei o retorno às pressas sem especificar muito bem o destino. Caí desajeitado sobre o chão úmido. Fiquei ali por alguns minutos, deitado, de barriga para cima. Fui cuspido em um campo de flores brancas. Mais além, pinheiros sobre uma colina. Uma casa cor-de-rosa situava-se no começo de uma elevação. O céu estava laranja, e passarinhos voavam à procura de insetos. Senti o alívio percorrer meu corpo. A missão se completara. Tentei me levantar, mas a dor nas costelas e no abdômen voltou. Ativei o scanner corporal. O computador acusou uma rachadura nas costelas e necessidade de cirurgia na barriga, além de reparos urgentes no traje.

Pedi as coordenadas da minha localização: Inverness, Escócia.

Tão longe de casa, imaginei. Como faria para retornar ao Brasil?

Levantei-me com algum custo. Andava devagar. As energias rareavam, mas o ânimo da vitória revigorava-me. A casa rosada tinha algo estranho, as paredes estavam desbotadas e o teto, com buracos. Percebi as janelas quebradas e uma fumaça negra vinda do interior. Uma cadeira de balanço jazia tombada na varanda de chão esburacado e repleto de folhas secas. O chão de madeira rangeu quando coloquei os pés. A porta estava entreaberta. Abri-a lentamente com uma das mãos sobre a pistola. Senti ânsia de vômito com o cheiro nauseabundo que empesteava o lugar. Entulho por todos os lados. Manchas de sangue nas paredes. Uma página de jornal caída sobre o sofá podre estampava a seguinte manchete:

*Arrependei-vos, o fim dos tempos chegou!* A ilustração da matéria trazia um homem de terno com os braços abertos e uma Bíblia na mão.

A tela da televisão projetava uma inscrição sobre a estática que me fez arrepiar os pelos da nuca: Yog-Sothoth, o caos primitivo cujo nome os habitantes de Uycapa´h evitavam pronunciar, como que para prevenir sua manifestação.

Não deveria estar ali.

Sombras vindas de um quarto dos fundos chamaram minha atenção. Dei passos lentos enquanto procurava olhar para todos os lados. O cheiro de carne podre aumentava com a sensação de que algo sinistro estaria escondido no quarto. Por um momento, achei ter escutado uma respiração. Aos poucos, divisei na escuridão uma cama, e sobre a cama havia algo. Meus olhos lacrimejaram com a intensidade do cheiro podre. Segurei-me para não vomitar. Um monte disforme. A escuridão do aposento forçou-me a ligar a lanterna do bracelete. Quando cheguei à entrada do quarto, vi de onde vinha a fonte de toda podridão.

Uma família inteira jazia sobre a cama: dois adultos e duas crianças entre dois e quatro anos. Uma escopeta descansava sobre o peito do pai, que tinha um tiro na boca. Os outros tinham buracos na parte de cima da cabeça. Manchas de sangue seco tomavam conta de toda a cama e do chão. Animais vieram comer os cadáveres, pois vi marcas de mordidas nas bochechas, coxas e pescoço. Na parede vi uma mensagem escrita com sangue: *Aos condenados do mundo.*

Então, percebi a cilada em que tinha caído. Uma centena de criaturas se aproximavam da casa em ruínas, cercando-a. Posicionavam-se para invadi-la. Criaturas cujas formas lembravam-me vagamente os ossos que vi na fortaleza, trajados com armaduras escuras e pontudas, portando lanças, espadas e outras armas que pareciam fuzis de assalto.

*Então, quem será o próximo?*, pensei, preparando-me para o pior, empunhando a pistola que só tinha quatro balas.

# Os Possessos

Dedicado a Bruno Muller

*O ano tinha sido um ano de terror e de sentimentos mais intensos que o terror, para os quais não existe nome na Terra. Pois muitos prodígios e sinais haviam se produzido, e por toda a parte, sobre a terra e sobre o mar, as negras asas da Peste se estendiam.*
Edgar Allan Poe

# I

Quando abriu os olhos, Bruno Miller viu um teto de telhas de barro. Não sabia dizer se era dia ou noite. Algumas vozes imprecisas chegavam aos seus ouvidos. Passou os olhos pelos arredores, e notou que estava em uma alcova de tijolos sem reboco. A cama não tinha lençóis. Uma pequena vela jogava uma luz tênue sobre o cômodo. Levantou-se devagar. Sentia dores nas pernas e ombros. Ficou, por alguns minutos, sentado na cama sem se mover. Um cheiro de sopa de legumes entrou pelas suas narinas, e percebeu que estava com fome, muita fome.

O barulho das vozes intensificava-se, e uma gargalhada chegou a seus ouvidos. Ficou de pé. Só então percebeu que estava com uma calça de pano branca, como se fosse um pijama. Tontura. Deu alguns passos vagarosos. Pousou a mão sobre a maçaneta. Chegou a pensar que era um prisioneiro, mas logo descartou essa ideia ao perceber que a porta estava destrancada. Respirou fundo. O barulho das vozes intensificou-se. Era uma miscelânea entre vozes masculinas e femininas:

"Manter mantimentos... Encontrar munição... Apenas sair em trios... Temos que cuidar das crianças... Ainda acho melhor ir a um município do interior..." Pressionou a maçaneta, e empurrou a porta.

Era uma sala, espaço cujo centro tinha uma grande mesa de madeira, dessas que são muito comuns no interior do estado. Em volta, três homens e duas crianças de mais ou menos quatro anos brincavam com bonecos de pano pelo chão. Sobre a mesa, uma grande panela com ensopado de legumes, vários pratos usados e uma garrafa de água de dois litros quase vazia.

As seis pessoas olharam para ele admiradas, como se estivessem vendo um estrangeiro de um país desconhecido.

— Finalmente ele acordou — disse João.

Os outros observavam.

— Onde estou? — disse Bruno, olhando para os demais.

— Estamos em uma chácara perto do aeroporto — respondeu Dimas, que estava sentado à mesa. — Sente-se aí, você deve estar com fome. — Apontou para uma cadeira vazia.

— Vamos, coma à vontade — disse João, depois que Miller sentou na cadeira, meio desconfiado.

— Você dormiu um bocado. Te achamos em uma ravina a uns cinco quilômetros daqui. Você não imagina o quanto deu trabalho para te carregar — continuou Dimas.

— Deixa o menino quieto. Ele está fraco. Coma, querido — interpelou a mais velha das mulheres, quando colocou um prato para ele, e serviu sopa.

— Desculpa, maninho. Nós não nos apresentamos. Eu sou João, aquele ali com camisa na cabeça é Daniel, meu sobrinho. O outro ali é o Dimas, meu irmão. Essa que te serviu é minha mulher, Suzana. Essa que se levantou é Maria, esposa do Dimas, e a mais nova é a Denise, noiva de Daniel. Aqueles dois pimpolhos são meus filhos, Clara e Nelson, são gêmeos.

Bruno observou sem muita curiosidade. Denise era uma loira com seus vinte e poucos anos e olhos cinzentos. Tinha um jeito arredio, de personalidade desconfiada. Suzana, uma mulher com seus quase quarenta anos e algumas rugas nos olhos. Consta que era bem morena. Maria, uma pequena mulher de pouco mais de um metro e meio, usava óculos sobre aquelas pupilas castanho-claros.

— Moço, vamos brincar? — disse um dos pequenos, de pouco mais de três anos, ao se aproximar de Bruno com um boneco na mão. Era um curumim gordo, cabeça redonda e cabelo em forma de cuia. Tinha os olhos lívidos e animados, como se ignorasse a percepção do que o mundo tinha se transformado.

— Nelson, deixa o moço quieto — disse Suzana, pegando o garoto pela mão.

— Então, o que foi que aconteceu contigo? — perguntou Dimas.

Bruno estava tão entretido na refeição — era uma das melhores sopas que ele tinha comido na vida —, que demorou alguns segundos para se dar conta de que a pergunta foi dirigida a ele. Foi então que os terríveis acontecimentos vieram à mente. Parou de comer. Olhou para um canto qualquer da sala, as cenas horríveis de mutilação e gritos não paravam de passar pela sua cabeça. Não queria chorar ali. Conteve-se, e disse:

— Eram muitos, a minha família. Não conseguimos pará-los.

Houve um longo silêncio na sala.

— Lamentamos, cara — disse João.

O outro ficou sem responder.

Dimas falou:

— Depois que todo mundo ficou louco, nós juntamos o que podíamos da família e nos refugiamos neste sítio que foi do meu falecido avô. Estamos aqui desde então. Fique por aqui o tempo que precisar.

# II

Um ano passou. Aquele grupo de sobreviventes criou uma rotina em torno daquela pequena casa de madeira que chamavam de lar, tão típica dos sítios amazônicos. Ao contrário das cidades, onde era necessário se aventurar por lojas abandonadas, becos insalubres, avenidas apodrecidas e ruelas escondendo todo tipo de horror, vivendo na área rural eles davam-se ao luxo de se alimentar da horta que cultivavam nos arredores da casa, da caça e dos peixes que os igarapés das redondezas podiam fornecer.

Construíram cercas com alarmes e fossos em volta da propriedade para guarnecê-la dos possessos. Faziam vigilâncias noturnas e estabeleceram uma divisão social do trabalho entre eles. As mulheres ficavam responsáveis pelos cuidados com as crianças, pela preparação da alimentação, e também cuidavam da roça. Os homens, por sua vez, caçavam. Quanto a deixar as imediações do sítio, apenas em duplas ou trios.

Bruno aprendeu a caçar, cortar madeira e preparar o fogo. Tornou-se um verdadeiro mateiro. Também desenvolveu uma grande amizade com Daniel, em virtude das coisas que tinham em comum: a formação em design, o gosto por animes, HQs e rock and roll.

Acordavam sempre ao nascer do sol, trabalhavam ou caçavam durante a manhã. Durante as tardes, discutiam os problemas relativos à segurança da propriedade e às atividades que seriam desenvolvidas no dia seguinte. Em seguida, descansavam. Bruno, muitas vezes, ia tocar o violão de Dimas para entreter os outros do grupo, executando Beatles, Zeca

Baleiro ou Nícolas Júnior. Nos dias chuvosos, em que as ruas se enchiam de lama e a floresta suspirava na torrente de água, jogavam xadrez ou contavam histórias sobre o tempo em que a civilização ainda existia.

Naquele lugar fortificado de cercas e fossos, com florestas escuras e uma terra cultivável, era quase possível esquecer que o mundo tinha acabado. Tanto que as palavras *resgate* e *cura* foram abandonadas gradualmente até se tornarem apenas uma lembrança distante e disforme. Um recomeço. Reconstruir os cacos e pensar na possibilidade de que poderiam ficar daquele jeito para sempre.

# III

Foi mais ou menos nesse tempo, quando já anoitecia, que João e Dimas chegaram ao sítio dirigindo um jipe. Estavam muito contentes, gargalhavam como se fossem dois meninos que acabaram de ganhar brinquedos novos. Suzana, Maria e Denise largaram o que estavam fazendo e foram ver aqueles dois estacionando o automóvel.

— Mas onde vocês encontraram isso? — disse Suzana segurando o pequeno Nelson no colo.

— Nossa mais nova aquisição — disse Dimas. — Achamos perto da estrada.

— O melhor de tudo é que o tanque está cheio — disse João ao desligar o veículo.

— Que legal! — falou Clara, entre risos, aproximando-se do carro, tocando-o como se tivesse a intenção de conferir se realmente era de verdade.

— Legal! Mas não foi perigoso?— perguntou Suzane, com uma faca na mão. Estava tratando um peixe que o marido e Bruno tinham acabado de pescar.

— Nada! Perigoso como? — João deu uma gargalhada. — Ele estava abandonado à beira da estrada. Não tinha nada, e o motor está bonzinho. Venha cá, minha filha. — Pegou Clara nos braços, que até aquele momento estava abraçada nas pernas dele.

Dimas disse, ao sair do jipe:

— Isso vai servir para percorrermos distâncias maiores, ir, quem sabe, até à cidade pegar algo que sirva.

Denise, que tinha ficado calada, falou:

— Vento com farinha.

Todos riram.

Aquele foi um dia alegre. Jantaram peixe. Bruno ainda tocou algumas músicas de Alceu Valença no velho violão. Dormiram tarde.

# IV

Bruno e Daniel estavam na floresta. Era pouco mais de seis horas da noite. O ambiente, frio e úmido. Gotas de água resvalavam das folhas das árvores, e uma tênue névoa espalhava-se pelo terreno. Andavam devagar, descalços. Ambos usavam arco e flecha. Separados por cerca de dez metros, procuravam algum rastro de anta, jabuti ou capivara.

Daniel parou em um local, olhando para baixo, e disse:
— Venha ver isso.

Quando Bruno se aproximou, viu os restos de uma fogueira.

— Parece que acabou de ser apagada, ainda está saindo fumaça.

— Apagaram às pressas, com certeza — disse Daniel ao abaixar para mexer nas cinzas ainda quentes. — Tanto que nem foi apagada direito.

Bruno ficou de cócoras observando a fogueira enquanto Daniel se levantou para observar em volta. Ficaram assim por alguns minutos, em silêncio. Um vento frio começou a soprar, balançando os galhos espessos das árvores. Num arbusto próximo, um calango saiu em disparada, assustado com alguma coisa. Em algum lugar indefinido, uma irataua começou a cantar. Por entre as copas das árvores centenárias, era possível ver o céu tomado por uma grande nuvem cinzenta de chuva.

— Quem apagou isso não queria ser visto — afirmou Bruno depois de se levantar e dar um suspiro. Passou a palma da mão sobre o rosto para enxugar o suor.

— Pensei a mesma coisa. Mas por que diabos alguém faria isso?

O outro não respondeu. Sentia uma angústia tão grande nesse momento que apertava seu peito. Fazia muito tempo que não se lembrava do dia em que estivera com o falecido irmão e, juntos, viram uma mulher e uma criança sob o julgo do Culto da Carne Morta. Seu amigo e os outros talvez não tivessem lidado ainda com aquele tipo de gente. Talvez ignorassem essas coisas por completo, afinal, tiveram a chance de se refugiar em segurança quando o mundo estava acabando. Mas com Bruno e sua família foi diferente. Viram de perto toda a brutalidade que aquele mundo destruído poderia trazer. Era incrível como ele tinha esquecido todas aquelas coisas. Bruno disse:

— Temos que falar isso para João e os outros.

— Você acha mesmo? — Daniel respondeu, intrigado.

Teve vontade de falar o que estava pensando, mas controlou-se. Imaginou que não valia a pena apavorá-lo com coisas que poderiam ser apenas fruto da imaginação. Talvez estivesse exagerando. Ficou em silêncio.

— Oi, Bruno. Fale!

— Nada — disse, de súbito, fazendo um gesto com as mãos. — Uma fogueira é uma fogueira. Uma coisa atípica que a gente não vê muito por aí. Temos que levar isso ao pessoal.

Daniel o observou com curiosidade.

Bruno finalizou:

— Não tem nenhuma caça aqui. Vamos voltar. — Sentia um peso no coração.

# V

Era noite. Todos estavam sentados na sala de jantar. Comeram carne de galinha-do-mato e alguns pacus pescados no igarapé próximo. Algumas velas que tremeluziam sobre a mesa soltavam uma iluminação tênue sobre o lugar. A jarra de água quase vazia. Pela mesa, espalhavam-se as louças sujas. Sentiam-se bem. Os dois filhos de João já comiam sem sujar tudo, e cresciam tão rápido quanto as plantações do sítio. Daniel e Denise planejavam se casar e, o que parecia mais importante, encontraram um jipe com o tanque cheio. Naquelas circunstâncias, isso era como ganhar na loteria.

A estação das chuvas já alcançava o seu auge. Era possível ouvir pingos atingindo o teto metálico, o barulho do vento dobrando e retorcendo as árvores lá fora e uma ou outra luz vinda dos raios que caíam em alguma parte remota.

— Se aquela onça vier amolar as garras na nossa parede de novo, acho que vou dar um tiro para cima, quem sabe assim espanto ela — disse João.

Denise respondeu:

— Ela vai é pular em cima de ti e te comer vivo.

Todos riram.

Bruno estava calado. Sempre comia quieto, e, quando terminava, ficava olhando para o prato, imerso em pensamentos. Mas, naquele dia, estava mais quieto que o normal. Observou Daniel, e percebeu como ele estava distraído, conversando amenidades ou fazendo alguma carícia em Denise.

Ele nunca vai contar nada.

Bruno levantou a cabeça, olhou para Dimas e João, e disse:

— Eu e Daniel achamos uma fogueira hoje, perto daqui. Logo no começo da colina.

— Foi mesmo? — perguntou Maria, impressionada.

Os outros ficaram em silêncio, observando o interlocutor. Bruno continuou:

— Não foi isso, Daniel?

Daniel tomava um gole de água, e tinha a mão sobre a perna da noiva, que estava sentada ao seu lado.

— A gente viu umas coisas parecidas com uma fogueira. Pelo jeito, parecia que tinha sido apagada às pressas. A gente não sabe.

João, calado durante a maior parte do tempo, finalmente disse:

— Mostre onde está essa fogueira.

— Agora?

— Claro.

— Vamos esperar até amanhã cedo — disse Dimas —, pode ser perigoso sair no breu desta chuva.

Os outros concordaram.

# VI

A chuva prosseguia com força durante aquela madrugada. As fortes rajadas de vento açoitavam sem piedade o teto da casa, vergando as árvores da floresta. Apesar disso, todos dormiam tranquilos, até os filhos pequenos de João, que sempre se assustavam com qualquer coisa. O único que estava acordado até aquela hora era Bruno, que se revirava sobre a rede, olhando para o teto escuro e o vazio do cômodo. Pensava na fogueira que tinham encontrado. Tentava convencer a si mesmo de que seria apenas uma coincidência, obra de alguns sobreviventes que não desejavam importunações. Mas sempre vinha com mais força a impressão de que aquilo pertencia a algum grupo que os espionava. E se isso fosse verdade, por que o faria? O sítio tinha plantações, e era próximo a um igarapé: tentador para alguém em busca de um lugar para ficar.

Lembrava-se de novo do dia em que viu a horda do deus Zumbi.

Isso jamais poderia acontecer outra vez.

Quando o mundo acabou, Bruno refugiou-se na casa da família no bairro do Hileia. Saía com o irmão em incursões às farmácias e supermercados procurando mantimentos. Foi em uma dessas campanhas que se depararam com o culto do deus Zumbi, fanáticos que acreditavam que os possessos eram uma intervenção divina.

Pouco tempo depois, a casa sofreu um ataque de dezenas de possessos. Na luta, toda a família de Bruno morreu. Vagou como um mendigo pela cidade até cair de fraqueza e ser achado pela família de Dimas e João.

Virou-se várias vezes na rede e, por fim, levantou-se. Apesar da escuridão, conseguia ver tudo com relativa nitidez. Andou devagar até a porta, abriu-a, fazendo o mínimo de barulho, e foi até a sala de estar. Vazio, silêncio e escuridão. Nada se ouvia a não ser o som tétrico da tempestade lá fora. Foi até a porta e destravou o cadeado. Assim que abriu, um jato forte de vento frio entrou com força para o interior da casa. Os pelos da nuca de Bruno Miller eriçaram. Mudou de ideia. Deixou a porta entreaberta, observando a chuva e refletindo sobre o que seria mais interessante fazer a respeito da fogueira. De qualquer forma, ele não era mesmo o líder. João e Dimas saberiam o que fazer. Se fosse ele, estaria mais confuso que um bêbado em alguma prova de concurso.

Um relâmpago caiu perto dali, iluminou tudo por alguns segundos ao riscar o céu, criando um barulho que mais parecia ter saído do inferno.

Foi naquele momento que notou algo estranho. Teve a impressão de que, no exato segundo em que o raio iluminou o firmamento, viu uma forma humana se movendo atrás dos bosques. Seria mesmo? Balançou a cabeça na tentativa de compreender o que tinha visto. Observou em volta e tentou encontrar algo. Porém, só viu chuva, sombras e árvores.

Ficou por mais alguns minutos observando, inquieto, a paisagem.

— Puta que o pariu!

Trancou a porta e foi dormir. Tentava se convencer de que vira apenas um reflexo da luz na floresta.

# VII

No outro dia, pela manhã, quando o sol começou a nascer e todos já tinham acordado, Dimas, João, Daniel e Bruno preparavam-se para ir ao lugar onde foi achada a suposta fogueira. Maria disse:

— Será que a fogueira não se acabou com a chuva?

— Mesmo assim — replicou Dimas —, ainda pode ser possível encontrar algo que a água não tenha levado.

Bruno estava com o seu tradicional machado, Dimas levava a espingarda e um facão na cintura, João estava de posse de um arco e flecha, Daniel foi munido de uma lança que fizera com um cabo de vassoura e uma faca de açougueiro.

— Fica a uns três quilômetros ao sul do sítio, pegando a trilha que nós mesmos fizemos — disse Daniel.

A trilha feita por Bruno e Daniel era precária, tinha apenas alguns centímetros de largura, largura necessária para derrubar as plantas maiores que empatavam o caminho.

Daniel e Bruno iam atrás, Dimas e João, na frente. Andavam devagar. Os primeiros faziam perguntas para os dois sem olhar para atrás, enquanto um deles respondia em tom lacônico.

Miller ficou calado na maior parte do tempo, pensando no que vira na noite anterior, finalmente resolveu se pronunciar:

— Ontem de madrugada vi um negócio estranho.

— O que foi, garoto? — perguntou João sem dar grande importância.

— Estava na frente de casa quando vi o vulto de alguém.

Ao ouvirem isso, todos pararam, e olharam para ele.

— Como assim? — interpelou Dimas, apertando com força a espingarda.

— Foi só por um momento.

— Você viu algo? Alguém? Fala direito isso, mano! — exclamou Daniel.

— Estava chovendo, deu um raio, e vi uma coisa mexendo lá fora.

— Como assim, fale direito — disse João.

— Vi uma coisa se movendo lá fora.

Dimas se pronunciou:

— Você viu ou achou que tinha visto?

— Não sei. Só acho que vi algo estranho — Bruno virou o rosto, evitando o olhar dos outros. Já tinha se arrependido de ter dito aquilo. Todos à sua volta o olhavam como se fosse um louco.

João disse:

— Pode ter sido qualquer coisa. Talvez um animal. — Deu uma cusparada no chão.

— Um animal em forma humana?

— Faz sentido — apoiou Daniel. — Como um animal vai ter forma humana?

— Deve ter sido um macaco — Dimas retrucou. — Eles sempre vêm até a gente por causa dos ingás e dos mamões que tem na frente de casa

— É verdade — disse Daniel, convencido.

— Vamos, quero terminar essa história antes de amanhecer — concluiu Dimas.

Caminharam ainda por cerca de meia hora. Iam devagar por conta do terreno acidentado.

— Mas essa trilha que vocês fizeram... Não sei como conseguem andar por ela — reclamou Dimas, repelindo os galhos que teimavam em bater no seu rosto.

Chegaram na pequena clareira que ficava ao pé de uma colina.

Bruno apontou:

— Bem, foi aqui.

A tempestade já tinha desbaratado toda a fogueira, e o que havia restado dela eram apenas uns paus espalhados a esmo.

— Parece que não tem muito o que ver por aqui — disse João.

Um grito desesperado ecoou por toda a floresta.

# VIII

— Mas que porra é essa? — Gritou Bruno.
Todos estavam espantados. João falou, assustado:
— As meninas, são elas!
Todos se aprumaram para correr de volta para casa quando um tiro vindo de algum lugar atingiu a cabeça de João, seu corpo caiu feito um boneco de pano sobre a terra molhada.
— Droga, mas o que... — foi o que conseguiu dizer Daniel antes de levar um tiro na perna e, em seguida, tomar outro no peito, desabando sem vida.
— Corre, Bruno, corre! — gritou Dimas.
Os dois correram pela trilha, desesperados, enquanto uma miríade de projéteis varava as copas das árvores.
— Vá! Vão matar a gente! — disse Dimas, enquanto seguia o outro.
— Para onde?
— Vamos para casa antes que eles cheguem lá!
Dimas olhou para trás, e viu dois homens com vestes militares atirando com fuzis.
Quando chegaram perto de casa, depararam-se com uma camionete branca estacionada em frente. A porta, escancarada. Algazarra de gritos femininos e masculinos misturavam-se. Foram até a janela, e observaram três homens dominando Maria, Denise e Suzana. Elas tentavam agarrar os filhos, enquanto um homem com uma pistola na mão ordenava que amarrassem todos e os trancassem no quarto dos fundos. O homem que carregava a pistola aparentava ter cerca de trinta

e cinco anos. Era moreno e careca. O outro sujeito, que tinha uma escopeta em mãos, era gordo e alto. O terceiro era de pele bem negra, cabelo cortado nos lados, estava com uma submetralhadora. Dimas gritou:

— Vou arrancar a pele desses demônios! — Fez menção de que invadiria.

— Não, olhe ali, cara! — Os atiradores que os atacaram estavam chegando, movimentavam-se em posição de assalto.

— Puta que o pariu, porra! — proferiu Dimas, desesperado. — Vamos sair daqui. Vamos pela ravina do igarapé, perto do lago.

Um tiro passou raspando pelo couro cabeludo de Bruno. O homem gordo saiu da casa para dar cobertura aos atiradores, mas Dimas apontou a arma, e atirou no pescoço do homem, que caiu estrebuchando no chão, e enchendo o piso da varanda de sangue.

Com pouca munição e em desvantagem, os dois fugiram para se esconder.

# IX

Dimas e Bruno fizeram uma pequena cabana de palha para passar a noite, à maneira dos indígenas, às margens de um antigo lago criado para criação de tambaquis. O dono estava morto, e o que antes era uma bela chácara, agora não passava de um amontoado de ruínas, exceto pelo lago artificial, repleto de peixes e árvores frondosas às margens. Um pequeno pedaço de paraíso no meio da decadência do mundo.

Estavam deitados quando a noite ia longe. Dimas chorava, retorcia-se de raiva:

— Filhos da puta! Desalmados! — dizia entre lágrimas.

— O que será que eles devem estar fazendo agora com as mulheres, hein? — resmungou Bruno, com os olhos úmidos.

— Como assim? — Dimas olhou-o fixamente, com os olhos castanhos bem abertos.

— Quando minha família ainda era viva, eu e meu irmão vimos os malucos do deus Zumbi com uma mulher e uma criança. — Sua voz estava embargada, cheia de remorso. — Meu irmão quis invadir e salvá-las, mas neguei. Entreguei uma mãe com a filha à morte. Até hoje isso me assombra quando vou dormir — deu uma pausa, e fungou —, então vejo aqueles caras, os mesmos que vi naquele dia. Sinto que a culpa é minha, um castigo pela minha omissão. Deveria ter agido. Me desculpa, cara. — Colocou as mãos no rosto para cobrir as lágrimas que irromperam com vontade nos olhos.

Dimas ficou em silêncio, respirou fundo. Contraiu os lábios, forçou as mandíbulas.

Depois de alguns minutos pensando, disse:

— Contei, eram cinco caras. Mas como acertei um, agora só são quatro.

— Quantas balas você tem aí? — disse Bruno.

— Umas doze nesta pochete e uma na agulha — falou após abri-la e remexer os projéteis no seu interior.

Convenceram-se de que precisavam atacar naquela noite mesmo, de preferência quando faltassem algumas horas para amanhecer. Talvez os invasores não esperassem por um revide tão cedo. Combinaram de ir pelo sul de um antigo ramal abandonado e entrar pela parte de trás do sítio. Havia uma janela secreta no quarto onde antes dormiam Dimas e a esposa. Podiam entrar por ali, aproveitando-se da escuridão noturna.

Mas antes, precisavam se preparar.

# X

Não dormiram muito bem. Os uivos horripilantes dos macacos guaribas, os barulhos de galhos quebrando ao longe e os ruídos indistinguíveis que pareciam ser produzidos por criaturas nunca antes vistas eram o lembrete de que não estavam seguros. Mas quem estaria em um mundo como aquele? Sobreviver como um animal, comer comidas estragadas, fugir de hordas de possessos, de bandos de salteadores ou fanáticos de um culto profano, encontrar algum lugar mais ou menos seguro, criar raízes e imaginar que tudo acabaria bem, então ser atacado de novo e ter tudo destruído... Era a única forma de viver o resto de seus dias.

Seria para sempre assim?

Mantinha a guarda noturna, sentado sob o abrigo, tendo em uma das mãos o seu machado, e observando, melancólico, as águas turvas do lago que brilhavam com a luz das estrelas.

O céu parece tão calmo.

Todas aquelas estrelas observavam o destino deles com terrível indiferença. Se houvesse de fato outras formas de vida naquelas galáxias, seria possível que elas tivessem passado pela mesma devastação que a humanidade sofria agora? Dimas falou atrás dele:

— Descanse um pouco, agora é minha vez de vigiar.

Não teve um bom descanso. Revirava-se de um lado para o outro sob o teto verde do abrigo. Dimas, sentado às margens do lago com a espingarda, não parava de resmungar algumas orações, como vários pai-nosso e ladainhas de Nossa Senhora.

Bruno não conseguiu dormir, apenas deu alguns cochilos que eram temperados por doses cavalares de pesadelos.

Quando o relógio de pulso de Dimas alcançou as quatro da manhã, levantaram-se. Banharam-se sem pressa. Comeram cupuaçu, mamão e alguns tucumãs que acharam nas proximidades. Dimas contou as balas. Bruno manobrou o machado.

— Vamos — disse secamente Dimas. — O ramal é por ali.

Andaram por uma estrada abandonada de barro batido engolida pelo mato. Em seguida, desviaram para a mata fechada onde havia um jacarandá cujo tronco tinha uma seta esculpida. O terreno virou um declive acidentado com grandes árvores que mais pareciam milhares de colunas. De tão juntas, era necessário que os dois se esgueirassem o máximo possível. Dimas quase ficou preso entre um dos troncos.

Quando chegaram ao final do declive, ganharam uma extensa planície de mata fechada. Um tucano saiu voando entre as árvores. Bruno abria caminho com o machado. Dimas, por sua vez, não fazia mais que afastá-las com o rifle. No caminho, acharam um zumbi com os olhos vazados e metade da cabeça com o crânio à mostra. Soltava um gemido animalesco. Das pernas murchas, saía o rastro de um líquido escuro.

Bruno adiantou-se, e partiu a cabeça dele com um golpe certeiro.

— Não é normal essas coisas estarem em mata fechada — disse Dimas.

— Deve ter sido o barulho dos tiros.

Uma cobra esgueirava-se pelo chão a alguns metros de onde estavam. Tomaram uma trilha que começava logo aos pés de uma seringueira. Andaram por mais alguns minutos quando Bruno falou:

— Vamos por aqui, é mais seguro. Para essas outras bandas, fica a toca de uma onça parida.

— Deus me livre de topar com uma onça com filhote.

O caminho que percorreram era íngreme. Quando atingiram o cume, que era formado por algumas palmeiras e mangueiras, pararam em uma colina que ficava a cerca de um quilômetro do terreno da fazenda. Já amanhecia, e a claridade do sol aos poucos revelava que aquele seria outro dia cinzento.

— Vou subir aqui e ver como está a casa — disse Dimas, que trepou na árvore e foi subindo.

Não demorou mais que quinze minutos estudando o local. Em seguida, desceu tão rápido quanto subira.

—Tem um cara atrás da casa vigiando. Está sentado em uma cadeira, parece estar dormindo. Tem um carro estacionado do lado da casa. Todos estão lá dentro a uma hora dessas.

— Mas qual é o plano?

— Chegamos arrastando pelo matagal, camuflados, tipo como faz a onça. A gente mata o primeiro que está ali atrás, pegamos a arma dele, e entramos pela parte de trás da casa.

— No matagal, ao lado dos pés de cupuaçu?

— Isso.

Ficaram em silêncio por alguns segundos, encarando-se. Dimas esperava que o outro concordasse com a estratégia. Se fosse sozinho, não daria conta. Por fim, Bruno concordou:

— Vou arrebentar esses cabras.

# XI

O matagal era uma mata terciária de cinquenta metros quadrados, localizado a sudoeste da casa. Fruto de um desmate realizado meses antes por Dimas e João para plantar juta e banana, ali se escondiam escorpiões, pequenas cobras, camundongos e toda sorte de animais que o homem civilizado não fazia muita questão de ter uma convivência mais próxima. As plantas daquela localidade mediam cerca de um metro e meio a dois. Formado por árvores de médio porte e por vegetação que o leigo chamaria simplesmente de mato, era o espaço ideal para alguém que quisesse se esgueirar sem ser visto.

Quanto ao homem que vigiava a parte de trás da casa, um sujeito de cerca de quarenta anos que vestia uma camisa de brim e uma calça jeans meio surrada, não pôde esboçar qualquer reação ou grito quando Bruno e Dimas assomaram sobre ele, vindos do meio do mato. Foi morto a golpes de machado.

Podiam ouvir os ruídos estranhos de dentro de casa. Pessoas chorando, suspiros, gemidos e gargalhadas. Bruno, quando os escutou, teve o espírito tomado pela inquietude. Já tinha ouvido aquilo antes. Por Deus, que não fosse aquilo que estava pensando.

Bruno tomou o rifle do morto, e rumou com Dimas até a janela secreta que ficava escondida por um conjunto de tábuas falsamente pregadas. Tiraram uma por uma com cuidado, procurando observar se havia alguém no quarto. Mas, para alívio dos dois, não havia ninguém.

Entraram em silêncio. O ataque precisava ser rápido e sem qualquer possibilidade de contra-ataque.

Lá dentro, os ruídos pareciam maiores.

O quarto estava em ordem, a cama desarrumada, como Dimas e a mulher haviam deixado na noite anterior ao ataque: as roupas sujas e uma bolsa preta onde o casal guardava algumas futilidades ainda estavam sobre uma cômoda velha.

Dimas pôs-se à frente, indo até a porta.

Havia uma fresta, e ele pôde observar o que estava acontecendo na sala.

Foi tomado pelo mais intenso pavor e horror.

Todos os móveis afastados para um canto do cômodo, e, no centro, estavam amarradas as mulheres e as crianças. Choravam muito. Dois homens estavam em pé, eram o líder e um rapaz mais novo, os dois pareciam visivelmente bêbados.

— O Culto da Carne Morta vai converter mais alguns à causa — disse o líder, erguendo Denise pelos cabelos e jogando-a sobre chão. — Tragam o zumbi!

Trouxeram um zumbi amarrado com uma coleira de ferro e correntes. A carne era roxa e os olhos, vazados.

Dimas não conseguiu segurar o sangue frio ao ver o cenário que se construía perante ele, então adentrou a sala rapidamente. O sujeito que segurava Denise não teve tempo de correr para pegar a arma, tomou um tiro no ventre. O outro, que tinha uma pistola na cintura, sacou-a e deu vários tiros. Um deles acertou Dimas no pescoço e outro no quadril, mas não pôde evitar que ele ainda desferisse um tiro no peito.

Houve um pandemônio dentro da sala. Gritos de socorro, de maldição e de clamores a Deus.

O zumbi desvencilhou-se das correntes, e caminhava pela sala.

Bruno, que não esperava a invasão tão repentina por Dimas, ficou por um ou dois segundos parado, sem conseguir fazer nada, mas reagiu a tempo suficiente para entrar no cômodo e desferir um tiro no homem que fora acertado no peito.

— Filho da puta, maldito, safado, canalha! — foi o que o homem gritou enquanto atirava a esmo e perdia os sentidos, mas foi abocanhado no pescoço pelo zumbi.

Um último homem ainda entrou com a arma em punho, mas levou um tiro no ombro e outro no joelho, ao que caiu desarmado.

— Por favor, não me mate.

Bruno não lhe deu ouvidos. Diante dele estava o mais desesperador cenário. Dimas, Maria, Clara e Suzana estavam mortos. Nelson, ainda vivo e jogado no canto, chorava e gritava; Denise, com as mãos atadas, conseguiu se levantar e ter sanidade para gritar para Bruno, que estava absorto em seu próprio horror:

— A casa está pegando fogo!

A voz da noiva do falecido Daniel pareceu trazê-lo de volta à realidade. Um dos tiros havia atingido uma das lamparinas, iniciando um incêndio que, em uma casa como aquela, de madeira, dominava e consumia a uma velocidade quase sobrenatural.

Não tiveram tempo de se despedir dos seus mortos, dos seus entes queridos, daqueles com quem conviveram, riram, brigaram e dividiram todas as feridas e frutos daquele mundo despedaçado. Pegaram algumas armas, munição, roupas, e saíram com a casa em chamas, desfazendo-se como se estivesse sendo tragada por um buraco negro.

Um grito masculino ecoou de dentro da casa antes de ela desabar.

Fugiram no jipe que Dimas e João acharam dias antes. Bruno dirigia. Denise no banco do carona. Nelson ia atrás, ao lado de duas bolsas com mantimentos e roupas. Enquanto se distanciavam da antiga casa, uma multidão de possessos surgiu atraída pelos tiros, claridade e barulho da madeira se retorcendo. Bruno não se importava em desviar e atropelar alguns, passava por cima de outros e esmagava uns tantos.

— Para onde vamos? — perguntou Denise. A voz saiu trêmula. Tinha o rosto contraído pela desgraça.

— Não sei.

O veículo seguiu pela estrada velha e esburacada naquela manhã de sol.

# XII

Bruno dirigia sem dizer uma única palavra. Os cabelos longos e negros esvoaçavam ao vento. Denise, calada, encolhida em uma toalha. O sofrimento ao qual fora submetida fizera com que surgissem alguns cabelos brancos em meio aos fios loiros. Nelson, por sua vez, dormia no banco de trás. Vez por outra tinham que desviar do lixo, dos corpos podres espalhados pelo chão, dos vários zumbis que apareciam nas ruas e avenidas, que cambaleavam como bêbados solitários ou corriam como maratonistas.

Cruzavam avenidas e ruas aleatoriamente, como se não soubessem ao certo onde deveriam parar. Quando passaram por um cruzamento, viram um homem com uma mochila nas costas correndo de um bando de possessos. Ao ver o jipe do outro lado da rua, gritou por ajuda. Bruno ignorou. Denise ficou olhando para trás por alguns momentos enquanto o sujeito era pego pelas costas por um zumbi. Em seguida, perguntou:

— A gente não vai fazer nada?
— Fazer o quê?
— Mas ele...
— Temos que fugir, Denise. Fugir!

Ela observou-o em silêncio por alguns segundos, e voltou a se encolher na toalha.

# XIII

O sol já estava no auge quando o motor começou a dar sinais de que não tinha como continuar. Estavam parados na rotatória do bairro Parque Dez. Bruno abriu o capô do motor, e uma quantidade enorme de fumaça saiu. Viu que o radiador estourou pela falta de água.

Nelson, que havia dormido durante quase toda a viagem, olhava para baixo, com o olhar perdido, em silêncio.

— E agora? — disse Denise, saindo do jipe embrulhada na toalha branca.

— Vamos andando, não podemos ficar aqui.

— Venha cá, meu amor — falou Denise, pegando Nelson no colo. — Para onde vamos?

— Não sei. Ali era um shopping. Deve ter algum lugar seguro por lá.

Caminhavam com cuidado para não fazer barulho. Os arredores tomados por lixo: pedaços de órgãos e cadáveres por todo lado. Chegaram às ruínas do lugar onde funcionava o Manauara Shopping. A passarela havia sido derrubada. Os portões estavam quase intransponíveis de tanto lixo. O porcelanato, desbotado.

— Vocês esperem aqui fora — disse Miller. — Se acontecer alguma coisa, você me chama que eu volto. Vou ver como estão as coisas ali dentro.

Denise concordou com a cabeça, segurava o pequeno no colo.

O lugar estava escuro apesar de ser meio-dia. Algumas lojas fechadas, outras com as portas escancaradas. Uma completa bagunça. Bruno andava devagar, tinha o machado amarrado na cintura e o rifle em punho. Tentava ouvir sons de coisas esgueirando-se.

Passou em frente de uma livraria que fora bastante famosa antes do dia da ira.

Entrou na livraria. Em comparação às outras lojas, até que estava em ordem. Vários livros empoeirados, outros tantos pelo chão e muitas prateleiras vazias.

Em um mundo desses, para que serviriam os livros?

Foi até o segundo andar da loja, e entrou na sala de conferência. Vazia de cadeiras.

Cheiro de mofo.

Aqui seria um bom lugar. É alto, espaçoso, tem como se esconder e se defender.

Ainda deu três voltas pelo centro de compras procurando alguma coisa errada ou estranha. Mas, por incrível que parecesse, toda aquela estrutura com centenas de lojas, câmaras e corredores estava vazia, tanto de seres vivos quanto de mortos.

# XIV

Mobiliaram o lugar no mesmo dia. Trouxeram de uma loja de móveis alguns colchões e um sofá. Denise achou lanternas, pilhas e brinquedos infantis para Nelson: cada vez mais imerso em si mesmo, como se as coisas que aconteceram tivessem destruído sua capacidade de interagir com o mundo. Bruno trouxe enlatados e garrafas de água que achara no mercado. No fim do dia, quando uma forte chuva começou, estavam exaustos.

 Denise e Bruno sentaram-se sobre os colchões para comer. Acenderam duas velas. Nelson não quis ingerir nada. Brincava com um boneco pelo canto da sala. Sombras fantasmagóricas criadas pelas luzes das velas mexiam nas paredes. O vento fazia barulhos no teto do shopping. Por vezes, viam alguns camundongos vagando despreocupados pelas redondezas. Mas não se preocupavam muito. Nem mesmo Denise, que tinha maneiras bastante delicadas, costumava ter medo de tudo.

 Ambos comeram em silêncio, não conversavam desde que saíram do sítio. Denise resolveu falar:

— O que vamos fazer da vida? — disse enquanto olhava para ele. — Vamos viver assim, como ratos?

— Não sei — respondeu Bruno sem olhar para ela. Depois de alguns segundos mastigando a comida, continuou: — Só sei que a vida ficou assim, e não há nada que possamos fazer. — Voltou a colocar um pedaço de carne em conserva na boca.

— Tudo o que aconteceu... — Deteve-se por um momento. A luz das velas refletia em olhos, o que os deixavam mais lindos. — Não sei como vou esquecer tudo o que aconteceu — falava em voz baixa, como se não quisesse que Nelson escutasse.

— Você não esquece, só se acostuma, passa então a perceber que a única coisa que esse mundo pode oferecer é tristeza, doença e morte. Até que a hora chegue, vamos vivendo. — Colocou mais um pedaço de carne enlatada na boca, e mastigou sem cerimônias.

Denise olhou para Nelson, e disse:

— E ele, vai esquecer?

Bruno apenas deu de ombros.

— Comeu pouco desde que chegamos. Tenho medo de que ele adoeça — falou Denise.

— Não sei, vamos dar um tempo a ele. Mais tarde ele come, quando for a hora, vamos ver como reage, e tentamos conversar com ele.

Voltaram a ficar em silêncio, enquanto o barulho da chuva intensificava.

Por impulso, pegou as mãos dela, e as apertou. Ela, por sua vez, deu-lhe um abraço.

Ficaram assim por vários minutos, chorando, tentando buscar forças sem saber de onde.

Lá fora, a tempestade ganhava ímpeto, arrancando as telhas das casas, e vergando árvores.

# XV

Aquele grupo de desgarrados agora já podia se chamar de família. Isso porque uma relação cada vez mais forte começou a se construir entre de Bruno e Denise, há cerca de dois meses. Tanto que já tinham, inclusive, pensado em, quando chegasse o momento oportuno, conversar com Nelson sobre a nova condição em que estavam, sendo possível, caso fosse do agrado do pequeno, chamar os dois de papai e mamãe.

Foi dentro dessa condição que encontramos Bruno Miller fugindo desesperado dos zumbis naquele final de tarde de tonalidade cinzenta, no intuito de chegar vivo às ruínas do shopping, pois a morte dele significava o fim de duas outras pessoas. Denise tinha pegado virose, e precisava urgente dos remédios que Miller conseguira na farmácia. Nelson, por sua vez, parecia que tinha sido contagiado pela mãe, e precisava de antibióticos.

A situação, portanto, era urgente. Nada poderia ser mais terrível que estar preso em uma casa abandonada, rodeada de zumbis loucos para encher o bucho.

Enquanto aguardava atrás do muro, um dos possessos conseguiu atravessar um monte de lixo que tapava uma fenda. Os outros, que sempre agiam em manada, seguiram o companheiro.

— Puta merda!

Correu para dentro de casa como um louco. Lá, conseguiu trancar a porta. Os caçadores aglutinaram-se em volta da construção batendo nas paredes, soltando gritos e gemidos bestiais. Agora não havia dúvida, fora encurralado. Se saísse, não poderia lutar contra tantos sem ser mordido. Se ficasse, morreria de fome. O pior era que o tempo passava depressa. Anoitecia.

Mais possessos surgiriam para caçar.
— Filhos da puta! O que vou fazer?
Andou pela casa, estava cheia de móveis abandonados, pilhas de papéis e caixas. Empilhou uma boa quantidade daquelas porcarias, de maneira que ele, escalando-a, conseguisse chegar ao teto. Subiu devagar, tremendo de medo; em vários momentos, quase caiu. Quando alcançou o teto, que para sua sorte era de alvenaria, teve uma visão pouco animadora de todo o horizonte. Conforme a temperatura ficava mais amena, os possuídos saíam de suas tocas para vagar pelo tecido puído da cidade em trevas, como satanases do exército do demônio, ou como espíritos maléficos devoradores de almas. Bruno lembrou das hordas de monstros de duas cabeças de um jogo muito famoso do início dos anos dois mil: Hexen. Se antes era extremamente difícil passar por eles, agora era impossível.
Como romper um mar de centenas de criaturas sem levar mordidas? Difícil, muito difícil.
Bruno sentou-se no teto, e ficou observando aquele mar de seres andando sem rumo pelas ruas, como se observasse um problema matemático que precisava resolver. O tempo passava rápido, Denise e Nelson precisavam dos remédios. Quanto mais as horas avançavam, mais se inquietava, pensando na tosse seca e surda do pequeno e na fraqueza da companheira. Precisava pensar em algo.
Mas o quê?
Deu uma olhada no firmamento, e viu que, atrás da casa, estendia-se uma série de outras residências que desembocavam na rua Mário Ypiranga Monteiro. Poderia passar por cada uma delas pulando os muros ou andando pelo teto, chegar à avenida e entrar no shopping pelo portão principal.
Parece um bom plano.

Aprumou-se. Segurou o machado com força, e arrumou a mochila atrás das costas. Andou alguns passos. Percebeu que podia dar um pulo do teto ao muro que fazia fronteira com outra residência. Se errasse, poderia cair em cima dos possessos que o esperavam lá embaixo. Tomou distância, respirou fundo, e correu. O salto não foi dos melhores, mas também não foi um desastre. Por pouco não teve a perna engolida por uma criatura. Fez um grande esforço para ganhar o muro. Ergueu-se sobre ele, e caiu do outro lado sobre os ombros, desajeitado, quase largando a mão do machado.

Levantou-se com dificuldade. Sentia uma pontada de dor no ombro sobre o qual caiu. Pôs a mão sobre ele. Fez uma careta. Será que tinha deslocado? Respirou fundo. Deixou a dor ir passando aos poucos, como uma fogueira vai se extinguindo quando começa a consumir toda a madeira. Do outro lado do muro, os possessos faziam uma algazarra descontrolada, tentando escalar. Escureceu. Não era possível enxergar mais que alguns palmos à frente. Deu passos bem devagar, tinha o machado em posição de combate. Percebeu que caíra em um quintal cheio de terra e mato crescido. Havia, na parte esquerda e direita, pequenos corredores atolados de escombros, o que atrapalharia o progresso. Só poderia seguir em frente se fosse por dentro, atravessando a residência. Isso seria mais perigoso. Contudo, tinha uma grade que tapava toda a entrada dos fundos. Tentou abri-la, mas parecia trancada. Procurou escalar a grade e ir por cima. Mas quando tentou subir, percebeu que o ombro doía bastante cada vez que tentava fazer um movimento brusco.

Olhou para os muros de ambos os lados: eram altos demais para subir.

Estou preso de novo?

Lá atrás, a algazarra dos possessos diminuía.

Bruno Miller tentou romper a grade com golpes de machado. Bateu uma, duas, três vezes. O barulho ecoou, seco e forte. Os possessos soltaram outra vez seus ruídos característicos. De dentro da casa onde estava preso, ouviu uma pequena movimentação de passos lentos e arrastados. Em seguida, um pequeno vulto surgiu entre a escuridão. Caminhando até a grade, colocou as mãos nas barras, e começou a apertá-las. Era o cadáver de uma senhora de meia-idade, com a pele cinzenta e um vestido desbotado, repleto de manchas de sangue. Ela mostrava os dentes podres, os olhos brancos e sem expressão. Rosnava. Miller olhou por algum tempo aquilo que um dia fora uma pessoa. Viu algo tremeluzindo na cintura da velha: um molho de chaves pendurado em uma das alças do cinto do vestido. Se ela fosse a antiga moradora daquela casa, essas provavelmente seriam a chave que abria a grade. Mas como ele pegaria o molho sem levar umas dentadas? O jeito simples era o melhor. Desferiu um golpe de machado na parte lateral da cabeça. O corpo caiu como um boneco de pano próximo à grade. Bruno pegou o molho e foi testar chave por chave. Eram muitas, dezenas delas.

O ombro voltou a doer, fazendo com que perdesse a concentração. Parecia que alguém estava enfiando uma faca. Ele sabia que precisava parar e se recuperar. Não podia conceder a si mesmo esse luxo. Não tinha tempo nem de respirar. Precisava ignorar a dor, passar por cima dela.

*No pain, no gain*, lembrou daquele ditado bobo que corria pelas redes sociais antes do fim de tudo.

Uma das chaves encaixou na fechadura. Quando a grade abriu, um barulho de ferro muito antigo ecoou. Deixou as chaves na fechadura. Miller entrou na casa andando devagar, como se não quisesse cair em um buraco ou pisar em algo nada desejável. O primeiro cômodo que entrou foi a cozinha, de onde emanava um odor fétido, uma mistura de mofo com algo azedo. A escuridão apenas dava a possibilidade de enxergar formas meio disformes, que eram os móveis da casa. Sentiu uma pontada ainda mais forte no ombro. Mas essa era tão forte que precisou parar. Curvou-se, e contraiu os músculos da face em uma expressão de terrível agonia. A dor penetrava o ombro, e fazia os músculos do braço e do peito latejarem. Ficou por um momento de joelhos, com uma das mãos sobre o ombro sôfrego.

Puta que o pariu! *No pain, no gain* é o caralho! Meu ombro, porra!

Depois de alguns minutos tentando se recuperar da dor, pôs-se de novo em marcha, sempre de maneira lenta e furtiva. A dor não parou por completo, mas tinha estabilizado. Quando chegou à porta de saída, um vulto muito grande saltou sobre suas costas, fazendo-o cair de bruços. O vulto fedia a carne podre, e soltava urros de excitação enquanto tentava comer a bolsa que Bruno carregava. Fraco e cansado. O ombro machucado impedia que lutasse com todas as forças.

O possesso logo cansaria de tentar comer a bolsa e se dirigiria para outra parte do seu corpo que parecesse mais comestível.

— Não vou virar comida, seu filho da puta! — gritou com todo o fôlego dos pulmões, e desferiu um pesado golpe no meio da testa do esfomeado, que caiu de costas, causando um baque surdo no ambiente.

# XVI

A avenida Mário Ypiranga já foi uma das mais movimentadas e valorizadas daquela cidade, mas agora não passava de um amontoado de lixo, escombros e criaturas cambaleantes. Miller estava a alguns metros de voltar para sua casa, finalmente cuidaria dos seus.

Em meio àquele campo de desolação e dor, começou a sentir algo que não sentia desde que saíra do sítio: esperança.

Passou a mão no rosto para enxugar o suor. Colocou a mochila nas costas. Correu como um bêbado quasímodo, tropeçando nos próprios pés:

— Estou chegando, estou chegando...

# O Forasteiro

Heitor Barbosa dobrou em um ramal que dava acesso à tranquila comunidade de Paricatuba. No aparelho de som do carro, o depoimento de João Paulo dos Cravos terminava. O sol da tarde descia pelas colinas e vales cheios de árvores que margeavam a estrada esburacada.

Não estava ali como turista, nem escutava as palavras trôpegas e sem nexo do depoimento de João Paulo Cravos por hobby. Era trabalho. Realizava uma pesquisa para mais um episódio de seu podcast, *Mistérios da Amazônia*. Depois da demissão do *Portal Tucumã*, dois anos antes, devido a uma crítica feita ao político que patrocinava o jornal, resolveu se dedicar ao jornalismo investigativo. O podcast já estava em seu décimo episódio. No começo foi desanimador, pouca audiência. Depois que se concentrou em casos não resolvidos ou com algum cunho sobrenatural, a relevância aumentava a cada mês, e, com ela, o retorno financeiro.

Agora procurava caprichar no novo episódio. Remexeu, por indicação de um tio que foi policial na década de oitenta, um caso ocorrido em Paricatuba: dois estudantes de jornalismo, Daniela Munhoz e Miguel Fonseca, foram assassinados de forma brutal em setembro de 1982. Foram à comunidade realizar um trabalho para a faculdade na companhia de um amigo de estudos, João Paulo Cravos.

O amigo foi considerado o principal suspeito e condenado por duplo assassinato. Os corpos foram encontrados perto de um curso d´água, abertos e com as vísceras de fora. A motivação, segundo a polícia, foi ciúmes. Integrando um triângulo amoroso, João Paulo não queria ser mais que apenas amigo de ménage, queria ser o titular no relacionamento com Daniela. Sempre negando a autoria do crime, foi solto quinze anos depois. Os presos que conviveram com ele falavam o quanto João Paulo era estranho. Acordava quase todas as noites gritando e, muitas vezes, andava de um lado a outro da cela murmurando palavras de pronúncia indefinida, mas de sonoridade sinistra, como se falasse em dialeto desconhecido. Chamavam-lhe, na prisão, de louco. Heitor tentou entrar em contato com ele, mas descobriu que Cravos cometera suicídio em 2002 ao se jogar à frente de um caminhão na avenida Constantino Nery, em Manaus.

Os policiais envolvidos não quiseram falar sobre o caso com Heitor. Se não fosse a ajuda do tio, que lhe fornecera cópias dos depoimentos, teria muito mais dificuldade para realizar a pesquisa.

*O que a gente queria era fazer um bom trabalho para a faculdade na intenção de tirar dez. Algo para chocar. Éramos grandes fãs de filmes e literatura de terror, Bram Stoker, Algernon Blackwood, Rubens Francisco Lucchetti... Pensamos em fazer algo nessa linha. Foi aí que tive a ideia de falar sobre o antigo casarão de Paricatuba. Falar da seita dos Arautos do Culto Superior. Não desconfiava do que poderia acontecer. Se soubesse das coisas que viviam ali... Me sinto culpado.*

O carro trepidava sobre buracos e pedras na estrada de barro. Dez quilômetros até a comunidade. Passou por um sítio que margeava a estrada. O sol escondeu-se por alguns momentos atrás de algumas nuvens cinzentas. Chuva? Queria, mas o calor era escaldante. Um gavião cruzou o céu com uma caça no bico. Seria uma ratazana? Passou por um buraco que fez seu carro balançar como um barquinho na piscina. Ao olhar pelo retrovisor, uma pessoa velha e maltrapilha acenava para ele com um sorriso pálido, escondeu-se atrás das árvores. Imaginou se era algum viciado em drogas ou idoso com problema de cabeça. Isso o fez acelerar pelo caminho sinuoso de barro.

Quando estacionou o veículo sob um antigo jambeiro, a comunidade parecia dormir silenciosa sob o calor do verão. Um canto de uirapuru se ouvia ao longe, acompanhado do farfalhar das copas das árvores que eram balançadas pela brisa. As casas de madeira com arquitetura regional mantinham-se fechadas. Logo à esquerda do descampado, as ruínas centenárias do leprosário permaneciam impassíveis enquanto eram engolidas pelas árvores e raízes da floresta. Completando a paisagem, o centro de convivência com teto circular e a escola do ensino fundamental, de onde se ouvia algumas vozes de professores ensinando. A estrada de barro seguia mais adiante, até chegar à praia de Paricatuba.

Heitor revisou as informações. Era preciso investigar primeiro sobre o que levou os universitários até ali. O que era aquela ordem religiosa que administrava o leprosário? Saiu do carro com uma pasta de documentos nas mãos, enxugou o suor com um lenço, e encostou-se na porta. A pasta caiu no chão de terra batida. Algumas folhas espalharam-se.

— Merda! Ótima maneira de chegar em campo para pesquisar.

*A gente tinha ouvido falar dos Arautos do Culto Superior, sabe. Sempre me fascinei pelas coisas que falavam do leprosário: como tratavam os leprosos, das denúncias de maus-tratos, da excomunhão da Madreb Esposito, da loucura sobrenatural e tudo mais. O pacto com o diabo... Isso era uma pauta quente, entendeu? Se a gente fizesse um bom trabalho, dava para usar esse material no TCC.*

Heitor Barbosa percebeu que uma das casas era, na verdade, uma lanchonete. Sentiu fome. No bolso de trás da calça, apalpou a carteira. Resolveu comer algo antes de iniciar os trabalhos. A lanchonete chamava-se Shalon, e tinha algumas poucas mesas redondas de plástico.

Um homem de cerca de cinquenta anos veio atendê-lo.

— Boa tarde, amado.

— Boa tarde. Um salgado e um suco, por favor.

Após alguns minutos, o homem veio com uma bandeja trazendo um copo descartável e um salgado de presunto. Em seguida, o garçom ficou atrás do balcão mexendo no celular. Heitor comeu sem pressa. Sentiu que estava com mais sede do que fome. Pediu mais um suco. Quando o homem veio com a bebida, Heitor resolveu puxar assunto.

— Há quanto tempo o senhor mora aqui?

— Desde 1975. Vim com meus pais para cá.

— O senhor lembra do caso dos universitários de 1982?

O homem ficou em silêncio por alguns segundos, enquanto encarava Heitor com seriedade.

— Lembro sim, faz muito tempo, mas já morava aqui.

— Sabe me dizer como foi aquilo? — Heitor pegou o copo, e deu um gole. O suco gelado desceu de forma prazerosa pela garganta.

— Aquilo foi uma estratégia do diabo para destruir nossa comunidade.

— Mas o que o senhor acha de tudo isso?

— Eu era adolescente na época. Fui guia deles, mas tinham o coração ímpio, e caíram em tentação. Esse negócio de namoro a três fere as leis de Deus.

— Como assim? O que aconteceu?

— O senhor pode me falar seu nome?

Heitor limpou a boca com o guardanapo, e falou:

— Sou jornalista. Estou realizando uma pesquisa sobre o caso dos universitários desaparecidos.

— Ainda tem gente que se mete com esse negócio de bruxaria, como a dona Joana, que tem um pacto com o diabo. Eu e o pastor fazemos um trabalho muito forte contra isso. Não quero mais falar sobre essas coisas, está amarrado em nome do Altíssimo. — Voltou para o balcão, e pôs-se a mexer no celular. Atrás dele, um quadro da Igreja do Bispo Fernando reluzia com o reflexo da luz.

Heitor retornou para o carro. Tomou algumas notas rápidas da conversa. O homem não quis se identificar, mas logo descobriu seu nome: Joaquim Santos. Ele deu alguns depoimentos à polícia, e chegou a aparecer nos jornais. Embora hoje estivesse com uma barriga protuberante e com cabelos brancos, era possível reconhecê-lo nas manchetes. O discurso não mudou quanto ao que havia dito à imprensa: apresentou aos jovens a história das ruínas, e falou que a tragédia era um castigo de Deus pela vida dissoluta dos três.

Olhou nas anotações os nomes de algumas pessoas que deveria contatar, e viu o de Leonardo Figueira, líder comunitário.

A casa de Figueira situava-se em uma rua transversal três quadras acima, próxima à praia. Heitor foi recebido com respeitosa formalidade. Embora fosse mais novo, nascido na segunda metade da década de oitenta, ouviu várias histórias dos pais e de moradores mais velhos sobre os acontecimentos de 1982.

— Quer saber, seu Heitor? Acho que aquilo foi um desaparecimento político. Eles eram do movimento estudantil. O pessoal da repressão costumava desovar corpos nesta parte do rio, mas isso o senhor já deve saber.

Heitor ouvia tudo com atenção, tomando notas enquanto o gravador estava ligado.

Quando terminou de escrever, perguntou:

— Ouvi o dono da Shalon dizer que foi um castigo divino.

— Joaquim leva esse negócio muito a sério — respondeu enquanto a cabeça fazia um sinal de negação. — Não tenho nada contra. Todo mundo tem sua religião. Não só eles, mas a dona Joana também é meio doida.

— Já ouvi falar sobre ela. Seu Joaquim disse que...

— Ela é meio maluca também. Dona Joana sofre de hanseníase, vive falando em oculto e outras coisas. Acho que a doença acabou com o cérebro dela. — Figueira parou um pouco para coçar o queixo. Em seguida, deu uma batida no braço na tentativa de matar uma mosca. — Eu não falaria com ela, é muito mal-educada.

Heitor Barbosa ficou por mais uns quarenta minutos conversando com Leonardo. Quando saiu, olhou no papel de notas o endereço que lá estava escrito com letras inclinadas: *Dona Joana, Rua B, casa 27.*

*A gente chegou na sexta-feira, pela tarde. Ficamos hospedados na casa do seu Márcio, um dos líderes da comunidade. Ele ficou muito contente quando soube que íamos fazer uma matéria sobre Paricatuba. Reclamou que eles viviam abandonados por lá. Nos deu estadia e alimentação. Fizemos uma longa entrevista sobre os Arautos do Culto Superior com ele. O casarão que se tornou hospital para leprosos no final do século XIX era regido por essa ordem religiosa. Pouca gente sabia o porquê de ele ter sido fechado vinte anos depois, em 1917. A história oficial era de que o bispo Dom José Irineu Joffily havia descoberto uns desvios de dinheiro do hospital.*

Mas a verdade era bem outra. Descobri, em um exemplar antigo do *Jornal do Comércio*, de 1915... (Chiado). Palavras inaudíveis.) Eram uns exemplares que eu encontrei na biblioteca da UFAM... (Chiado) ...cultos, experimentos. Mas eu senti uma fascinação por aquilo. Um desejo muito grande de estar lá. Era como se algo me puxasse para longe, para muito longe. Hoje eu sei que era o diabo...

 O carro deslizava devagar pela rua de terra batida, margeada por casas de madeira com jardins, hortas e pomares. Heitor procurava o número da residência. Tinha subido e descido três vezes a rua, e estava a ponto de desistir quando viu uma senhora observando-o com desconfiança pela janela ampla de uma casa pintada de verde. Uma mangueira jovem escondia o número. Heitor resolveu se aproximar para pedir informações. Parou o carro na frente da casa.

 Quando saiu, viu o número 27 detrás das copas.

 Para a surpresa de Heitor, dona Joana não era tão mal-educada quanto falaram. Embora fosse desconfiada, e tivesse um semblante severo, não se furtou a recebê-lo. A hanseníase estava controlada, mas fez bastante estrago na idosa, que naquele ano contava com setenta e dois anos, e morreria seis meses após aquela entrevista. Os dedos de uma das mãos não mais existiam, e sua perna era amputada quatro dedos abaixo do joelho. Sentada sobre a cama, examinava Heitor se ajeitar sobre uma cadeira de madeira, sacar o gravador e aprontar o bloco de notas.

 — Eles vieram aqui querendo saber sobre o que aconteceu com os Arautos — disse ela entre uma baforada e outra do cigarro de palha. — Mas avisei. O mundo está cheio de coisas ruins que rastejam sob o escuro do céu, doutor.

 — O que a senhora avisou, dona Joana?

— Às vezes vejo coisas sumindo atrás das árvores, vultos de pessoas acenando sob a noite que cai.

Ao ouvir essas palavras, Heitor sentiu um estremecimento.

— Você deve ter visto algo também — disse ela ao observar como o jornalista mexia-se desconfortável na cadeira.

— Vi alguém esquisito acenando para mim na estrada. Só isso.

— Somos moscas perdidas neste mundão de Deus, seu Heitor. E algo ainda dorme sob o chão desta terra. Quando era mais nova, sempre avisei todo mundo, mas ninguém me dá ouvidos. Me chamam de louca, de endemoniada.

— Que tipo de coisas, dona Joana?

— Meu filho, deixe isso para lá. Vá fazer outra história. Deixe aquilo que vive debaixo das ruínas em paz.

O céu escurecia quando Heitor voltou para o carro. O que haveria sob as ruínas? Ficou alguns minutos deitado no banco de trás com o ar-condicionado ligado. As palavras da velha senhora causaram-lhe certa aflição. Pegou a garrafinha de água, guardada no suporte do painel, e deu um gole. Não era supersticioso, embora, naquele momento, sentisse algo estranho. Uma aura pesada pousava sobre aquele lugar, parecendo uma névoa invisível.

*Agora eu sabia que a madre Esposito estava adorando uma entidade chamada Forasteiro. Quando a gente estava atravessando o rio de balsa, o velho almirante falou que ela tinha lido o Necronomicon e ficado doida, pelo menos era o que o pai dele contava, quando pequeno. E que uma entidade...* (Chiado.) *...falavam que era alienígena. Mas em catacumbas para lá da floresta, sob a escadaria antiga, tinha uma abertura... Ninguém tinha coragem de ir lá.*

"Embaixo da escadaria. Uma abertura", pensou Heitor. Ainda existia essa escadaria? Procurou nos relatórios da polícia e nas anotações. Não havia indícios de que a localidade descrita por Cravos tenha sido averiguada. Muito estranho que isso tenha passado pelo crivo dos investigadores. Havia pressão para solucionar o caso o mais rápido possível? Heitor retorceu-se sobre o banco do motorista. Uma agradável preguiça o invadia. Passou as mãos pelo rosto. O céu escurecia sobre as árvores centenárias. A temperatura, que durante o dia tinha sido asfixiante de tão alta, agora caía para níveis amenos. O vidro do carro começou a embaçar, o que forçou Heitor a desligar o ar-condicionado e baixar os vidros. Verificou a lanterna no porta-luvas e a câmera.

"Vamos ver se essa tal escadaria com abertura existe mesmo", pensou, enquanto se levantava.

Penetrou as ruínas do hospital, que dormiam na escuridão. As paredes tomadas por raízes de árvores; o piso tombado deixava à mostra o chão cheio de plantas; as janelas de aço retorcido envolvidas pelos galhos das árvores. Quantas pessoas ali sofreram, choraram, pereceram? Quantos doentes abandonados foram cobaias da madre Esposito e seus fanáticos dos Arautos do Culto Superior? Heitor imaginava, enquanto filmava tudo com a câmera em visão noturna, a rotina de suplícios dos enfermos, tratados como coisas, como animais.

Um sapo cantou atrás de Heitor. O susto quase o fez derrubar a câmera.

Viu, pelas lentes da filmadora, uma trilha sinuosa que surgia entre as árvores. Seguiu a rabeira com passos lentos e vacilantes. Procurava filmar tudo. Não deixou de notar o frio que ali fazia, em contraste com o resto da comunidade lá fora. *Lá fora*? Não deixou de notar que tenha pensado desse jeito. Porque era assim que se sentia: penetrando em um mundo desconhecido e amaldiçoado. Recriminou-se pelo medo.

A trilha tomou subidas íngremes e longas. Desceu a vales gelados de névoa baixa, e retorceu-se em meandros que lembravam o corpo de uma sucuri. As árvores pareciam tão altas que se perdiam de vista, erguidas contra o céu tingido de negro. Nem mesmo a luz da lanterna alcançava o topo daqueles pilares vivos dos deuses ancestrais.

Estava a ponto de desistir por causa do cansaço, das picadas de insetos e, o mais importante, por causa da bateria da lanterna e da câmera que estavam acabando mais rápido que o normal. Viu um monumento sobre uma pequena elevação envolvida no musgo e nas trepadeiras.

Heitor sabia, era a escadaria antiga.

*Seguimos pela trilha à noite. O velho piloto dizia que ela só abria naquele horário. A gente levava um gravador, lanternas e muito papel para anotações. Tremíamos de frio. Frio e medo. A arquitetura da escadaria era algo que nunca tinha visto. Não sei se era de uma cultura que a gente não conhecia ou de algo inumano. Começamos a achar que o que falavam dos Arautos era verdade. Daniela disse que era melhor a gente voltar, mas eu e Miguel estávamos muito curiosos por aquilo tudo, sabe? Se eu soubesse... Até hoje me arrependo.* (Som de choro. Murmúrios. Palavras inaudíveis.) *Não queria perder meus amigos...* (Murmúrios.) *Não matei eles, foi aquela coisa escondida...* (Gritos.)

Heitor aproximou-se da escada com lentidão. O frio aumentou. Fumaça saía da sua respiração ofegante. A câmera ligada no modo noturno consumia as últimas energias. Atrás, sob a base da escadaria, percebeu uma pequena abertura, fechada pelas trepadeiras, como se fosse uma cortina natural. O visor da câmera divisava outra escadaria que descia, espiralada. Caminhava devagar, com medo de escorregar no musgo. Heitor sentiu ânsia de vômito, havia um cheiro forte de podridão. Quando chegou à parte mais profunda da escada, viu que o caminho era tapado por uma enorme rocha negra e escamosa. Passou os dedos sobre ela, tinha uma espécie de gelatina densa e pegajosa. Colocou as duas mãos na pedra, e tentou movê-la.

Isso foi a perdição. Um milhão de olhos perversos abriram-se na superfície da pedra negra.

Heitor gritou muito quando centenas de tentáculos se esticaram sobre ele. Quem ouviria seus gemidos desesperados? Lutou por alguns segundos antes de ser desmembrado e engolido.

A câmera, caída sobre o chão gelado, apagou ao consumir a última barra de energia. Depois de engolir o jornalista, o Forasteiro fechou os milhares de olhos, encolheu os tentáculos cheios de garras, e voltou a dormir na escuridão.

# O Espectro das Terras Devastadas

*Eles flutuam — rosnou a coisa —, eles flutuam,
Georgie, e quando você também estiver aqui
embaixo comigo, também vai flutuar.*
Stephen King

Bianca tinha dez anos quando viu um espectro. Foi no final do verão de 1994, quando as chuvas começaram a ganhar força e anunciar o inverno. Lá fora, os galhos do abacateiro balançavam ao vento, e um gavião descansava pousado sobre o muro de tijolos à mostra. Bianca, sentada à mesa de mogno do quarto, desenhava ilhas, vales, desfiladeiros e paisagens sinistras, coisas sempre presentes em seus sonhos, quando sentiu a presença de algo. Virou a cabeça na direção da porta, e viu aquilo: corpo cinza, um olho listrado em espiral de branco e vermelho na testa e um sorriso zombeteiro nos lábios, que deixavam para fora um canino pequeno e pontudo.

A coisa se escondeu atrás da soleira, como uma lagartixa esconde-se entre a folhagem. Bianca levantou-se, e foi até a porta caminhando devagar, com os pés tocando com calma o chão frio. Deparou-se com o prosaico móvel de guardar sapatos. Nenhum sinal da criatura. Retornou a seus afazeres de criança.

O dia transcorreu sem sustos: corridas pelo quintal arborizado, aventuras com as bonecas no jardim suspenso, escaladas no grande jambeiro. Naquela época, o mundo parecia perfeito. Foi dormir às nove e meia. A temperatura caiu bastante naquela noite. Bianca podia ver os galhos balançando ao vento através da janela: tentáculos sinistros tentando invadir o quarto. A luz da lua projetava-se através do vidro, e jogava-se contra os móveis. A toalha sobre a cadeira parecia um corcunda perverso, e os livros de histórias infantis sobre as estantes lembravam vultos de pessoas mortas coladas à parede. Pingos de chuva caíam sobre a casa. Sempre gostou de dormir com o som da chuva. O inverno era bom.

Quando estava prestes a adormecer, Bianca ouviu batidas na janela. Batidas fortes que se repetiam. Não eram galhos ou morcegos.

— Quem está aí?

— Alguém que te observa há muito tempo. — A voz saiu rude e áspera.

— Saia daqui! Vou chamar meus pais!

— Você não pode chamar ninguém — disse depois de gargalhar. — Estou aqui para te levar às Terras Devastadas.

O quarto cresceu de tamanho. As paredes vergaram-se contra o chão, e racharam. Um barulho de terra movendo-se envolveu todo o lugar. Os vultos dos livros sobre as prateleiras cresceram, e movimentaram-se como seres vivos. Bianca gritou. Levantou-se, correu para debaixo de sua cama, e fechou os olhos, enquanto o tremor de terra parecia devastar tudo à sua volta, sob um estrondo tão intenso quanto o de milhares de monstros dissolvendo-se no vácuo de uma fissura do espaço-tempo.

— Não! Não!

— Já levei outros, você é só mais uma — a voz gargalhava.

E então houve o silêncio — a mesma quietude que parecia existir antes de Yakruã ter criado os deuses e dado início ao tempo.

E foi aí que Bianca abriu os olhos. O que viu quase a deixou louca. Sozinha. Ali.

Acima havia o céu, e, sobre o céu, dois sóis de luzes fracas e cinzentas. Ao redor havia o firmamento, mas ele era desprovido de vida. Dunas de areia espalhavam-se até que se perdessem de vista, onde crateras vomitavam lamas venenosas e jatos de vapor eram capazes de derreter carne e ossos. Era o mundo salpicado de rochas, morte e dor: colunas, pilastras e tetos caídos de templos de povos extintos, e faces de crianças em desespero cravadas na pedra.

Nuvens se formaram acima das montanhas, e os sóis foram encobertos. Uma escuridão apoderou-se de tudo ao redor. Trovões anunciaram que uma tempestade cairia sobre o mundo.

O espectro surgiu entre as ruínas. Bianca percebeu como ele realmente era: alto, cinzento, alado com asas de morcego, com um olho perverso na testa e patas de rã no lugar das mãos.

Um relâmpago brilhou na escuridão. O vento fez derrubar uma coluna sobre um altar, que se partiu em vários pedaços. O barulho que isso criou era similar ao de um prédio desabando.

Bianca, que era só uma garotinha de pijama, encolheu-se sob o frio intenso e a chuva. Os cabelos negros caíam sobre a testa, e a camisa colava-se no corpo.

— Então, tudo aqui acaba — disse a criatura.

Um redemoinho de detritos formou-se no alto de uma colina, vários quilômetros atrás deles. Bianca começou a correr quando viu o espectro abrir as asas agourentas de morcego. Pulou sobre ela. Ambos caíram no chão. O espectro, por cima dela, disse:

— Você agora ficará aqui. — A coisa começou a balbuciar algumas palavras em idioma inumano. Aos poucos, a pele de Bianca mudava, empalidecendo, enrijecendo, tornando-se pedra, como aquelas colunas em decadência.

Bianca debatia-se, gritava e chorava. A cabeça já tomava a compleição de uma pedra.

Um trovão assobiou em tom ameaçador. Sobre o deserto, um grito de algo que pareceu acordar rugiu de um lugar distante.

— Tenho que fazer isso — disse o espectro. — Em 1849, meu filho estava morrendo de febre amarela — uma gota de algo verde e nojento, que parecia ser a saliva, pingou dos lábios rugosos, e caiu sobre a testa de Bianca —, ninguém sabia a cura, estava desesperado. — Suspirou e continuou: — Fiz um pacto com seres das Trevas Exteriores, e consegui salvar meu filho. Mas fui condenado a viver aqui, nas Terras Devastadas, sugando a essência de crianças para aplacar a dor que me consome até o fim de tudo.

Bianca foi aquietando-se, aos poucos parou de lutar.

— Isso, agora você sabe — a coisa disse com um tom delicado.

Ela deixou-se, aos poucos, dominar. Teria sido seu fim. Era para ser seu fim. Mas um movimento involuntário da mão encostou em uma lâmina de pedra lascada que estava ali ao lado. Os dedos tatearam, e perceberam que era do tamanho de um canivete.

As pernas, o busto e a cabeça já estavam quase transformados, rígidos e sem cor.

— Sua essência ficará aqui por toda eternidade.

Os pingos de chuva caíram mais grossos, fazendo crateras de quinze centímetros de diâmetro na terra seca. As mãos, que embranqueciam, agarraram a lâmina de pedra. No início, de forma desajeitada. Depois, do jeito como se empunha uma faca.

Foi a última medida desesperada de um corpo que já deveria ter sucumbido. A lâmina cortou o ar frio e entrou em cheio em um dos olhos do espectro. Sangue verde espirrou aos borbotões daquele ferimento quando a mão de Bianca a retirou da cavidade ocular. Um grande urro de dor saiu da garganta da criatura, que se afastou com as mãos no rosto.

Aquilo deu uma sobrevida a Bianca, que se levantou a custo. O efeito da petrificação recuava. A cor da pele voltava ao normal, e os membros voltavam a ganhar vida.

A chuva, que era fria, tornou-se gelada, e a neve precipitou-se sobre aquele mundo amaldiçoado.

— Você é mais forte do que os outros que vieram antes — disse numa voz cheia de ódio, enquanto exibia um sorriso maléfico nos lábios. — Um dia voltarei, e não será tão fácil assim.

A criatura alçou voo a alturas elevadas, e sumiu nas nuvens cinzentas. Em pouco tempo, o mundo todo seria envolvido pela neve. O solo tremeu. Uma fenda do tamanho de uma fossa marinha abriu-se sob os pés de Bianca e a engoliu.

Silêncio.

Era como se ela estivesse em um longo sono sem sonhos há mil anos. Só tomou consciência de algo quando foi cuspida debaixo de sua cama e rolou, desajeitada, sobre o chão frio do quarto.

Lá fora, a chuva ainda caía. O quarto dormia nas trevas. Pingos de chuva resvalavam contra o vidro da janela, como se fossem intrusos tentando entrar. Bianca sentia dores por todo o corpo e uma sensação de formigamento na mão direita, como se tivesse segurado por muito tempo algo pesado e cortante. Viu pela fresta da porta que a luz do corredor acendera, passos aproximavam-se. A porta foi aberta, e a figura de uma mulher adulta apareceu. A luz do quarto foi acendida, a mulher deparou-se com Bianca toda suja de areia, roupa rasgada, cheia de hematomas e arranhões por todo o corpo.

— Mas o que você fez, Bia?

A menina levantou-se, correu e, chorando, abraçou a mulher. A mãe, surpresa com a reação da filha, pousou os braços sobre a cabeça. Ficaram assim por vários minutos, até que Bianca disse:
— Mãe, você não vai acreditar no que aconteceu.

# A Lança de Anhangá

# I

O sol brilhava com sua força máxima quando aquela milícia de dez homens entrou na aldeia da tribo Munduruku: um descampado rodeado de casas de palha em chamas, cujo cheiro era uma mistura de suor e carne queimada. Equipados com fuzis e máscaras de gás, locomoviam-se devagar, fazendo gestos lentos e ensaiados. O ruído dos aviões de bombardeio espantara a maioria dos habitantes. Os que ficaram para trás foram atingidos pela nuvem de veneno.

A aldeia foi abandonada às pressas. Roupas, alimentos e outros utensílios amontoavam-se pelo chão, junto a alguns corpos daqueles que não conseguiram fugir da chuva de gás mostarda disparada por um avião pulverizador.

— Esse aqui morreu de cu para cima — disse Carlos Barbosa.

Outro integrante do grupo paramilitar, chamado Márcio Lima, observava tudo com os olhos miúdos. Estava logo atrás, e disse:

— Temos que liberar isso para o pasto.

— Pensei que fosse para garimpo.

— O garimpo é só depois — falou Chico da Cunha, que se juntou a eles naquele momento. — Daqui a gente precisa subir o rio e confirmar se tem ouro. Aí nosso amigo vai dar a segunda parte do pagamento.

Uma casa desabou pela ação das chamas.

Ouviram o choro de um cachorro atrás de uma das casas de palha. Carlos foi averiguar. Retornou segurando um cão marrom pelo rabo. Jogou-o no chão. O animal contorcia-se de dor por conta do gás tóxico.

— Olhe aqui — disse Carlos.
— O que você quer fazer com isso? — respondeu Chico.
— Sei lá. Só achei muito doido.
— Mate logo.
— Tá bom.
Um tiro de fuzil ecoou por toda a floresta. O corpo do cachorro ficou ali, com a cabeça estourada e os miolos espalhados.
— Vamos embora, daqui a pouco chega a Polícia Federal. — Márcio tinha o ar preocupado. — Nosso contato falou que a chegada das viaturas poderia atrasar, mas não tanto.
Chico, que estava acendendo um cigarro, perguntou:
— E o nosso amigo lá em Brasília?
— Ele disse que vai dar uma tranquilidade para a gente.
O Sol foi encoberto por nuvens de chuva. Ao fundo, o igarapé corria com despreocupação. A floresta erguia-se ao redor deles como uma grande massa verde-escura, de onde era possível ouvir folhas mexendo, animais andando pelo chão macio e pássaros cantando.
— Ouviram isso? — perguntou Márcio, olhando para a muralha verde, que era a floresta.
— O quê? — respondeu Carlos.
— Esse som estranho. — Caminhou até as árvores, e ficou escutando. Era um ruído áspero, sincopado, quase gutural. Alguma coisa respirando. Ele teve a impressão de ver um vulto movendo-se, escondendo-se atrás dos troncos. — Ali, ali! — gritou e apontou o fuzil.
A floresta permanecia em silêncio. As copas das árvores eram tão densas que as luzes do sol mal conseguiam ultrapassá-las.
Quando Márcio fez um movimento de que atiraria, Chico interrompeu:

— Foda-se! Você está bebendo demais.
— É mesmo... — Baixou a arma.
As casas de palha e as malocas arderam sob o sol escaldante. Famintas, as chamas consumiram desde os cadáveres no chão aos pertences que os refugiados deixaram durante a fuga. Vasos, roupas, brinquedos e outros utensílios dissolveram-se nas labaredas. As colunas de madeira das casas enegreceram, partiram-se. Aos poucos, as construções desabaram em cinzas e combustão. Não demoraria para os cadáveres dos animais e das pessoas que ali jaziam transformarem-se em massas disformes de ossos retorcidos e carne torrada. A fumaça dissolvia-se no céu descarnado de nuvens.

Enquanto a aldeia chamejava sob o sol da tarde, o grupo paramilitar recolheu-se na floresta, e sumiu entre as trilhas.

# II

A Polícia Federal chegou ao local muito depois da correria. A notícia de mais uma invasão, mesmo com gente importante em Brasília tentando abafar o caso, gerou grande repercussão no Brasil e no exterior. Os contatos dos milicianos na Polícia Federal tomaram as providências para os informar sobre as investigações e apagar os rastros.

Duas semanas depois, os três saíram em mais uma expedição subindo o rio Cururu. Planejavam alcançar uma região de difícil acesso perto da nascente, rica em ouro e outros minérios, por isso a necessidade de um grupo mais enxuto e discreto.

Era uma região acidentada. Usaram um pequeno barco a motor, até que o estreitamento do rio e a sinuosidade do seu leito forçaram-lhes a abandoná-lo e seguir a pé. Demoraria semanas para atingirem as nascentes. O calor e a umidade tornavam a caminhada severa; os três suavam a ponto de as roupas ficarem grudadas em seus corpos, e os insetos nunca desistiam de atormentá-los, entrando pelas narinas e ouvidos. À noite era pior. Ruídos de coisas sinistras andando pela barraca, como cobras e outras criaturas da noite, tornavam o repouso conturbado, quase impossível. Márcio não parava de dizer que estavam sendo observados:

— Tem algo ali atrás, vocês viram aquilo?
— Tem nada aí, porra!
— Tem sim! Vi uma cabeça se escondendo!
— Que cabeça, cara?!

Quando averiguaram o lugar onde o suposto espião se escondia, atrás de um velho pé de copaíba, só encontraram alguns arbustos e um calango assustado, que se escondeu por entre as folhas secas.

— Está ficando doido?! — falou Carlos com mau humor.

— Porra, eu vi, tinha uma coisa aí!

— Que coisa? Só fica enchendo o saco com essa porra de assombração.

— Fale direito comigo!

— Então pare de foder a paciência com isso, está bebendo desde que a gente saiu da fazenda e fica tendo alucinação!

— Eu vi, porra!

— Tá bom, gente! — disse Chico, tentando aplacar os ânimos. — Deve ter sido só um reflexo do vento nas folhas.

Enfiado no saco de dormir, Márcio refletia. Sabia que havia algo além das colinas, algo que os espionava desde o ataque aos Munduruku. Algum agente da Federal? Impossível. Eles saberiam. Algum índio que escapou? Talvez não. Aquela área foi toda averiguada antes e depois da invasão. Então, o que era? Pegou a garrafa de pinga guardada no bolso, e deu um gole. Em volta, o mundo dormia na soberana quietude. As folhas balançaram sob a vontade de uma brisa fria e agradável. Sentiu sono. Os membros relaxaram, e as pálpebras ficaram mais pesadas. Lembranças vieram, como a do índio devorado pelas chamas e de outros que ele matara durante todos esses anos fazendo serviços para fazendeiros e madeireiros. Lembrou-se de uma antiga correria para desapropriar uma terra de quilombolas. Não foi tão fácil, porque eles estavam armados. Foi uma luta sangrenta, mas o pessoal com quem trabalhava sempre sabia o que fazer. Faltou munição para matar tanta gente, mas não sobrou ninguém. Ganhou muito dinheiro àquela época. Olhou para os companheiros, repousavam em profunda respiração. Eles lembrariam das cabeças dos negros gordos, pesando milhares de arrobas, que enfiaram em uma estaca quando terminaram de limpar o quilombo? Tomou mais um gole de pinga. O sono ficou mais forte. Fechou os olhos, e caiu na escuridão dos sonos sem sonhos.

Pousada sobre um galho de seringueira, uma rasga-mortalha observava-os com olhos graves e penetrantes.

# III

Passaram o dia andando com as mochilas nas costas, seguindo o curso dos rios, adentrando clareiras e percorrendo trilhas abandonadas quando chegaram à cabeceira do Cururu, aquela região abandonada do mundo.

— Vamos armar nossa barraca aqui. Amanhã a gente continua — disse Chico.

— A gente pode usar essa gruta como abrigo — respondeu Carlos.

Estavam em uma área baixa, perto de um pequeno igarapé que corria ao lado de uma íngreme elevação. Sobre eles, as copas das árvores escondiam o céu que esmaecia de maneira estranha, lembrando as órbitas de um moribundo. Ali, uma caverna permanecia ao sopé da encosta.

Não era possível ver com exatidão o interior, tamanha era a escuridão que ali residia. Márcio disse:

— Será que não tem algo aí?

— A gente olha — respondeu Carlos, pegando a lanterna e caminhando em direção à caverna.

Chico foi ao Igarapé pegar água para cozinhar. Acendeu a fogueira. Planejava comer sardinha e feijão no jantar.

Carlos entrou na caverna a passos lentos. A luz da lanterna iluminava as paredes cheias de umidade, borradas de tonalidade marrom esverdeada. A cada passo, os pés trincavam coisas que estavam pelo chão.

— O que você vê, Carlos? — gritou Márcio, na entrada da caverna.

— Está tudo quieto. — A voz ressoava naquela caixa

acústica feita de pedra. Márcio, na entrada, via os feixes de luz rodando pelo espaço escuro da caverna enquanto seu companheiro penetrava naquele caminho sinuoso. O céu escurecia. Morcegos voavam pelas copas das árvores.

— Não vá se perder aí! — disse Chico, que acabara de fazer a fogueira e armar as panelas cheias de comida. Postou-se ao lado de Márcio, na entrada da caverna.

— Acho que não tem nada aqui. — A voz de Carlos saía tênue, uma voz de quem estava a centenas de metros de distância. — Dá para passar a noite.

— Ótimo — respondeu Chico. — Então venha logo. Vou levar nossas coisas.

— Tem uma coisa estranha aqui.

— O quê?

— Ouvi uma coisa mexendo.

— Então saia daí! — disse Márcio.

A luz da lanterna de Carlos apagou, seguida de um barulho de algo quebrando e carne esparramando-se pelo chão.

— Carlos, Carlos! — gritou Chico.

Silêncio.

Os dois que estavam na entrada da caverna olharam-se com preocupação.

— Será que ele se machucou? — perguntou Chico.

— Não sei. Carlos, Carlos!

Nenhuma resposta do interior da caverna.

— Vou lá ver o que aconteceu — disse Márcio, pegando a espingarda que descansava ao lado da mochila.

— Vou contigo — falou Chico, enquanto esperava o outro vir com a arma. — Márcio, venha logo! — chamou após alguns segundos.

Mas também não veio.

— Porra, cara! — Chico virou-se para trás, e viu que os dois tinham desaparecido.

Escurecia. Ruídos vinham da floresta: sons de respiração profunda, galhos sendo quebrados, e um quase imperceptível som gutural ecoava pelos troncos das árvores, que parecia vir de vultos de assombração em contraste com a luz esmaecida do crepúsculo. A fogueira perdia força, e a comida já passava do ponto.

— Márcio, Márcio! — gritou Chico, olhando em volta com apreensão enquanto caminhava pelos arredores com passos hesitantes. Insetos que voavam próximos aos ouvidos de Chico faziam a agonia ser maior. Ele tentava espantá-los dando tapas no ar.

Ouviu algo do outro lado do igarapé. Era um som que nunca ouvira antes. Tão medonho que o fez se engasgar com a própria saliva e perder a coloração dos lábios.

— Então era verdade! — foram suas últimas palavras quando viu uma cabeça boiando no igarapé.

Uma lança negra penetrou suas costas e partiu-o ao meio.

A fogueira apagou-se. A comida nas panelas esfriava. Dominou a escuridão novamente sobre aquele sítio, como sempre tem sido desde o início dos tempos.

A rasga-mortalha, que os observava desde o dia em que discutiram, pousou em um galho de samaúma. Com seus olhos grandes e curiosos, analisava com indiferença aquele corpo de órbitas e boca abertas em mudo desespero.

Anhangá, o patrono das regiões escuras, estava satisfeito com o trabalho concluído.

Refletia se era hora de sair para lugares mais amplos.

CARA LEITORA, CARO LEITOR

A **Cachalote** é um selo do grupo editorial **Aboio** criado em parceria com a **Lavoura Editorial.**
Lemos, selecionamos e editamos com muito cuidado e carinho cada um dos livros do nosso catálogo, buscando respeitar e favorecer o trabalho dos autores, de um lado, e entregar a vocês, leitores, uma experiência literária instigante.
Nada disso, portanto, faria sentido sem a confiança que os leitores depositam no nosso trabalho. E é por isso que convidamos vocês a fazerem cada vez mais parte do nosso oceano!
Todas as apoiadoras e apoiadores das pré-vendas da **Cachalote:**

— têm o nome impresso nos agradecimentos dos livros;
— recebem 10% de desconto para a próxima compra de qualquer título do grupo Aboio.

Conheçam nossos livros e autores pelos portais **cachalote. net** e **aboio.com.br** e siga nossos perfis nas redes sociais. Teremos prazer em dividir com vocês todos nossos projetos e novidades e, é claro, ouvir suas impressões para sempre aprendermos como melhorar!
Embarque e nade com a gente.

**Cada livro é um mergulho que precisa emergir.**

APOIADORAS E APOIADORES

Agradecemos às **130 pessoas** que apoiaram nossa pré-venda e confiaram no trabalho feito pela equipe da **Cachalote**. Sem vocês, este livro não seria o mesmo.

A todos os que escolheram mergulhar com a gente em busca de vozes diversas da literatura brasileira contemporânea, nosso abraço.

E um convite: continuem acompanhando a **Cachalote** e conheçam nosso catálogo!

Adriane Figueira Batista
Alexander Hochiminh
Allan Gomes de Lorena
Ana Paula Amorim Pedrosa
Ana Paula Salvador
André Balbo
André Costa Lucena
André Pimenta Mota
Andreas Chamorro
Andressa Anderson
Anthony Almeida
Antonio Pokrywiecki
Arthur Lungov
Bianca Monteiro Garcia
Caco Ishak
Caio Balaio
Caio Girão
Calebe Guerra
Camilo Gomide
Carla Guerson
Carlos Guedelha
Cecília Garcia
Cintia Brasileiro
claudine delgado
Cleber da Silva Luz
Cristina Machado
Daniel Dago
Daniel Dourado
Daniel Giotti
Daniel Guinezi
Daniel Leite
Daniela Rosolen

Danilo Brandao
Denise Lucena Cavalcante
Dheyne de Souza
Diogo Cronemberger
Diogo Mizael Motta Teodoro
Eduardo Henrique Valmobida
Eduardo Rosal
Elinton de Melo da Silva
Enzo Vignone
Fábio José da Silva Franco
Febraro de Oliveira
Fernanda Stella Cavicchia
Flávia Braz
Flávio Ilha
Francesca Cricelli
Frederico Vieira de Souza
Gabo dos livros
Gabriel Cruz Lima
Gabriel Stroka Ceballos
Gabriela Machado Scafuri
Gael Rodrigues
Giselle Bohn
Guilherme Belopede
Guilherme da Silva Braga
Gustavo Bechtold
Henrique Emanuel
Henrique Lederman Barreto
Jadson Rocha
Jailton Moreira
Jefferson Dias
Jessica Ziegler de Andrade

Jheferson Rodrigues Neves
João Luís Nogueira
José Marcos Quintella
Josefa Maria Conceição
Júlia Gamarano
Júlia Vita
Juliana Costa Cunha
Juliana Slatiner
Júlio César Bernardes Santos
Laís Araruna de Aquino
Laura Redfern Navarro
Leitor Albino
Leonardo Pinto Silva
Leonardo Zeine
Lili Buarque
Lolita Beretta
Lorenzo Cavalcante
Lucas Falcão Nogueira
Lucas Ferreira
Lucas Lazzaretti
Lucas Verzola
Luciano Cavalcante Filho
Luciano Dutra
Luis Felipe Abreu
Luísa Machado
Luzinete Maria Conceicao
Manoela Machado Scafuri
Marcela Roldão
Marco Bardelli
Marcos Vinícius Almeida
Marcos Vitor Prado de Góes

Maria F. V. de Almeida
Maria Inez Porto Queiroz
Mariana Donner
Mariana Figueiredo Pereira
Marina Lourenço
Mateus Magalhães
Mateus Torres Penedo Naves
Matheus Picanço Nunes
Mauro Paz
Milena Martins Moura
Minska
Natalia Timerman
Natália Zuccala
Natan Schäfer
Otto Leopoldo Winck
Paula Maria
Paulo Scott
Pedro Torreão
Pietro Augusto Gubel Portugal
Rafael Mussolini Silvestre
Ricardo Kaate Lima
Rodrigo Barreto de Menezes
Samara Belchior da Silva
Sergio Mello
Sérgio Porto
Tenório Telles
Thais Fernanda de Lorena
Thassio Gonçalves Ferreira
Thayná Facó
Tiago Moralles
Valdir Marte

Vanessa Silva Torres
Vitoria Lima
Weslley Silva Ferreira
Yvonne Miller

EDITOR-CHEFE André Balbo
PUBLISHER Leopoldo Cavalcante
EDIÇÃO Marcela Roldão
ASSISTÊNCIA EDITORIAL Nelson Nepomuceno
REVISÃO Veneranda Fresconi
DIREÇÃO DE ARTE Luísa Machado
COMUNICAÇÃO Thayná Facó
PROJETO GRÁFICO Leopoldo Cavalcante

© Cachalote, 2024
*A Lança de Anhangá* © Ricardo Kaate Lima, 2024

*Grafia atualizada segundo o Acordo Ortográfico da Língua Portuguesa de 1990, que entrou em vigor no Brasil em 2009.*

*Os personagens e as situações desta obra são reais apenas no universo da ficção: não se referem a pessoas e fatos concretos, e não emitem opinião sobre eles.*

Dados Internacionais de Catalogação na Publicação (CIP)
Eliane de Freitas Leite — Bibliotecária — CRB — 8/8415

Lima, Ricardo Kaate
 A Lança de Anhangá / Ricardo Kaate Lima -- 1. ed. --
São Paulo: Cachalote, 2024.

 ISBN 978-65-83003-06-5

 1. Ficção Brasileira I. Título.

24-211844                                             CDD–B869.3

Índices para catálogo sistemático:
1. Ficção : Literatura brasileira

[2024]

Todos os direitos desta edição reservados à:
ABOIO EDITORA LTDA
São Paulo — SP
(11) 91580-3133
www.aboio.com.br
instagram.com/aboioeditora/
facebook.com/aboioeditora/

[Primeira edição, abril de 2024]

Esta obra foi composta em Adobe Caslon Pro.
O miolo está no papel Pólen® Natural 80g/m².
A tiragem desta edição foi de 300 exemplares.
Impressão pelas Gráficas Loyola (SP/SP)

A marca FSC® é a garantia de que a madeira utilizada na fabricação do papel deste livro provém de florestas que foram gerenciadas de maneira ambientalmente correta, socialmente justa e economicamente viável, além de outras fontes de origem controlada.